喚醒你的英文語感！

Get a Feel for English !

Overheard in the Hospital

醫病溝通英文句典

作者 ◎ Lily Yang
Quentin Brand

審定 ◎ 馬偕紀念醫院皮膚科
主治醫師 吳育弘 醫師

💉 問診對答句　➕ 醫療服務用語　🏃 救護必通句　💊 健康主題單字

Are you allergic to any medication? I'm allergic to all types of penicillin.
Have you ever been diagnosed with asthma?

貝塔語言出版
Beta Multimedia Publishing

　　《醫病溝通英文句典》是一本很有用的工具書，在審訂本書內容期間，筆者也獲益良多。對於要出國的人士，在國外碰到生病時，往往是很大的壓力，尤其需要適當地表達身體的不適，對不熟悉醫療用語的民眾是一大考驗。本書網羅許多就醫時常用的對話，同時提供就醫環境中會碰到的字彙，及簡單實用的健康相關詞語，可以降低不少就診的障礙。

　　另一方面，本書對於從事醫療工作的同仁也很實用。雖然國內的醫療訓練大多使用英文書籍，但是醫學的專有名詞與口語化的英文其實很不一樣，因此常常會有外國籍的病人聽不懂我們醫療人員的英文解釋，因為使用的專有名詞太艱澀。或是我們聽不懂他們對身體不適的抱怨，因為國內少有純英語的環境可以練習對話，來了解一般民眾常用的話語。閱讀本書對增進雙方的溝通助益匪淺。

　　在國外看診不如國內方便，因此學會照顧自己的身體非常重要，本書從對話中也提供了一些醫療照護的觀念，有助於了解簡單處理病痛的原則及相關的關鍵字。相信這些內容對國內外的朋友的醫病診療，都會有很大的幫助。

馬偕醫院皮膚科專任主治醫師
吳育弘 醫師

外出旅行時，生病是大家最不願意碰到的事。想像一下：你人在異鄉，可能不會說當地的語言，或許也不曉得該上哪兒求援。《醫病溝通英文句典》提供讀者使用率最高的句子和最重要的字彙。從找醫生、回答問題，到取得（你應得到的）醫療資源，這些在本書中都找得到。

今日人們經常到世界各地旅行，或多或少會碰到生病的情形。本書非常實用，最適合到國外旅遊的人士，不論是學生、商務人士，還是舉家度假的旅遊者，全都用得上。雖然有些醫院有雇用翻譯人員，但是不見得每個地方都提供這種服務。如果你考量到人們在碰到緊急狀況時會慌張，或者是在身體疼痛時會沒辦法好好思考，那麼，對所有出國的人來說，具備和英語相關的基本醫療知識是相當必要的。

我們希望讀者會覺得這本書既有用又有趣，在你下一次出遊時信心滿滿，因為你已經做好了充分準備，不論遇上任何狀況都不會驚慌。

祝福各位讀者健康、順心！

Lily Yang

C O N T E N T S

PART 3　非處方治療——購買成藥 Over-the-Counter Treatment

PART 4　醫院／診所管理 Hospital / Clinic Administration

PART 5 進行診療──和醫生對談 & 檢驗
Diagnosis — Talking to the Doctor & Examination

★ 本書音檔 mp3 請至貝塔網站下載。
網址為 https://goo.gl/tLgbFF

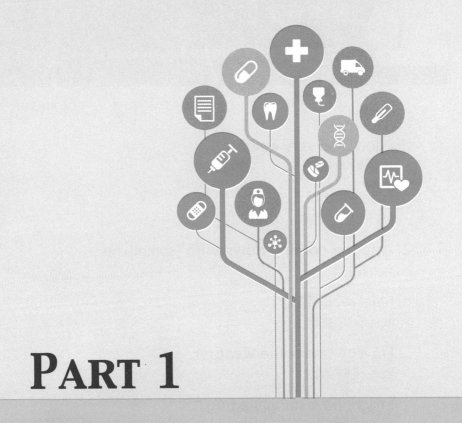

PART 1

好像生病了
I Think I'm Sick ...

🎧 MP3 01

☐ I don't feel very well.
我身體不舒服。

☐ I feel kind of sick.
我好像有點生病了。

☐ I may be **coming down with**¹ something.
我大概生病了。

☐ I feel really **ill**.²
我真的很不舒服。

☐ I'm a bit **under the weather**.³
我有一點不太對勁。

☐ I might have caught a **bug**.⁴
我可能感冒了。

🔍 WORD LIST

① **come down with sth.** 得、染上（病）
② **ill** [ɪl] *adj.* 生病的
③ **under the weather**【口】不舒服
④ **bug** [bʌg] *n.* 病菌

基本表達 II

Basic Expressions II

🎧 MP3 02

☐ I think I'm going to **puke**.[1]
我覺得我快要吐了。

☐ Does my **forehead**[2] feel hot to you?
你摸摸看我的額頭是不是發燙？

☐ I think I have a cold.
我想我感冒了。

☐ My **throat**[3] hurts.
我喉嚨痛。

☐ My head is **pounding**.[4]
我頭在抽痛。

☐ Can you take my **temperature**?[5]
你可不可以幫我量一下體溫？

🔍 WORD LIST
....

① **puke** [pjuk] *v.* 嘔吐
② **forehead** [ˋfɔr͵hɛd] *n.* 額頭
③ **throat** [θrot] *n.* 喉嚨
④ **pound** [paʊnd] *v.* 鼕鼕地響；怦怦地跳
⑤ **temperature** [ˋtɛmprətʃɚ] *n.* 體溫

3 尋求協助
Getting Help

🔵 MP3 03

☑ 如果你知道自己生病了,可以用下列句子尋求援助。

☐ Do you think I should see a doctor?
你覺得我應該去看醫生嗎?

☐ What do you think I should do?
你覺得我應該怎麼做?

☐ Can you help me find a doctor?
你可不可以幫我找醫生?

☐ Do you think it's **serious**?[1]
你覺得這很嚴重嗎?

☐ Where's the nearest **pharmacy**?[2]
最近的藥局在哪裡?

☐ Should I take any medicine, or should I just **rest**?[3]
我需要吃藥嗎?還是休息一下就好?

🔍 WORD LIST
① **serious** [ˋsɪrɪəs] *adj.* 嚴重的
② **pharmacy** [ˋfɑrməsɪ] *n.* 藥房
③ **rest** [rɛst] *v.* 休息

去診所，還是上醫院？

Clinic vs. Hospital

 MP3 04

☑ 如果你只是有一點不舒服，去一般診所應該就可以了。如果病情嚴重，上醫院或許是必要的。

☐ Do people here go to **clinics**[1] or **hospitals**[2] when they get sick?
這裡的人生病時會去診所，還是上醫院？

☐ Do I have to make an **appointment**[3] at the clinic?
我去診所是不是必須預約？

☐ Is it more expensive to go to a hospital?
去醫院是不是比較貴？

☐ Hospitals scare me. Is there a clinic nearby?
醫院讓我感到害怕。這附近有診所嗎？

☐ Will I have to wait long at a hospital?
在醫院會不會要等很久？

☐ Do I really have to go to a hospital?
我是不是真的必須去醫院？

⊙ WORD LIST

① **clinic** [ˋklɪnɪk] *n.* 診所
② **hospital** [ˋhɑspɪtḷ] *n.* 醫院
③ **appointment** [əˋpɔɪntmənt] *n.* 約定會面

5 支付健康照護費用——如果你有保險

Paying for Healthcare — If You Have Insurance

MP3 05

☑ 在台灣公司保的險

☐ I have travel insurance through Taiwan Life in Taiwan. Here's my **policy**.[1]
我在台灣透過「台灣人壽」保了旅遊險。這是我的保單。

☐ Can I pay the **deductible**[2] with my credit card?
我可不可以用我的信用卡支付可扣除的金額？

☐ I'm going to need copies of all these forms for my insurance company in Taiwan.
我要把這些表格影印幾份給我在台灣的保險公司。

☑ 在國外的公司或機構保的險

☐ I'm covered by my university's student health insurance.
我念的大學有幫我保學生險。

☐ My company is with Blue Cross. Here's my card.
我的公司保的是「藍十字」。這是我的保險卡。

☐ Is my treatment going to be completely covered by my **HMO**?[3] 「健康維護組織」是否會完全支付我的治療費用？

⊙ WORD LIST

① **policy** [ˋpɑləsɪ] *n.* 保單
② **deductible** [dɪˋdʌktəbl̩] *n.*（保險的自付額）可被扣除的金額
③ **HMO** = **Health Maintenance Organization** 健康維護組織

6

支付健康照護費用——如果你沒有保險

Paying for Healthcare — If You Don't Have Insurance

MP3 06

☐ I don't have **insurance**,[1] but I really need to see a doctor.

我沒有保險，但是我真的需要看醫生。

☐ I don't know if I have enough money to pay for this.

我不知道我是否有足夠的錢支付這個。

☐ Is there a free clinic nearby?

這附近有免費的診所嗎？

☐ Does this hospital have some kind of **payment plan**?[2]

這家醫院有沒有提供什麼付款方案？

☐ Can you tell me how much it's going to cost ahead of time? I don't have insurance.

你可不可以事先告訴我要支付多少費用？我沒有保險。

☐ I'd like to pay with cash, but I can only take $200 out of the ATM.

我想付現金，但是我只能從提款機提領兩百元美金。

WORD LIST

① **insurance** [ɪnˋʃʊrəns] *n.* 保險
② **payment plan** [ˋpemənt ͵plæn] *n.* 付款方案

7

找好醫生

Finding a Good Doctor

🎵 MP3 07

☐ **Do you know of a good doctor?**
你有沒有認識好的醫生？

☐ **Where can I find a list of doctors in the area?**
我在哪裡可以找到這一區的醫師名單？

☐ **Have you ever been to this doctor?**
你有沒有給這位醫生看過病？

☐ **Can anyone recommend¹ a good pediatrician²/ gynecologist³ / dentist?⁴**
有沒有人可以推薦一位好的小兒科醫生／婦產科醫生／牙醫？

☐ **Did he / she answer all of your questions?**
他／她是否解答了你所有問題？

🔍 WORD LIST

① **recommend** [ˌrɛkəˋmɛnd] v. 建議
② **pediatrician** [ˌpidɪəˋtrɪʃən] n. 小兒科醫師
③ **gynecologist** [ˌgaɪnəˋkɑlədʒɪst] n. 婦科醫生
④ **dentist** [ˋdɛntɪst] n. 牙醫

8 預約 I ──你可能會聽到

Making an Appointment I — What You Might Hear

🎧 MP3 08

☐ Which doctor would you like to make an appointment with?
你想預約哪位醫生？

☐ Can I have your name / telephone number, please?
能不能請告訴我你的姓名／電話？

☐ Have you visited our clinic before?
你以前有沒有來過我們診所？

☐ What date / time are you looking at?
你想要哪一天／什麼時間看診？

☐ Your appointment is for Tuesday at 2:00 p.m.
你預約的時間是星期二下午兩點。

☐ Please remember to bring your **medical records**[1]/ **insurance information**[2]/ **medication.**[3]
請不要忘記攜帶你的病歷／保險單據／藥品。

🔍 WORD LIST
① **medical record** [ˋmɛdɪklˋrɛkəd] *n.* 就醫紀錄
② **insurance information** [ɪnˋʃurəns ˌɪnfəˋmeʃən] *n.* 保險資料
③ **medication** [ˌmɛdɪˋkeʃən] *n.* 藥物（治療）；藥品

9 預約 II ──你可能會說

Making an Appointment II — What You Might Say

☐ I'd like to make an appointment to see Dr. Webber.
我想預約韋伯醫生的門診。

☐ Is Dr. Lee **available**[1] Thursday morning?
李醫生星期四上午有沒有空？

☐ Do you take morning / afternoon / evening appointments?
你們接不接受早上／下午／晚上的預約？

☐ Could you please give me **directions**[2] to the clinic / hospital?
可否請你告訴我去診所／醫院該怎麼走？

☐ How much does a basic **consultation**[3] cost?
初步診療的費用要多少錢？

☐ Do I need to **register**[4] at the **front desk**[5] when I arrive on Wednesday?
我星期三到的時候需不需要先到櫃檯掛號？

🔍 WORD LIST

① **available** [ə`veləbl] *adj.* 有空的
② **direction** [də`rɛkʃən] *n.* 指示
③ **consultation** [ˌkɑnsl`teʃən] *n.* 診療；諮詢
④ **register** [`rɛdʒɪstə] *v.* 登記
⑤ **front desk** [`frʌnt `dɛsk] *n.* 櫃檯

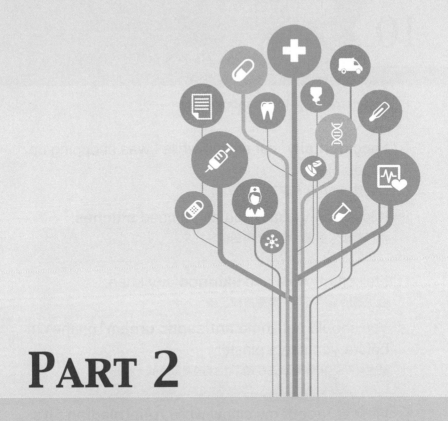

PART 2

第一時間的處理
——急救
First Aid

I I **accidentally**[1] cut myself while I was chopping up vegetables.

我切菜時不小心割傷了自己。

R It looks pretty bad. You might need **stitches**.[2]

傷口看起來很糟。你可能需要縫幾針。

I I fell off my bike and **skinned**[3] my knee.

我從腳踏車摔下來，膝蓋擦破了皮。

R You should put some **antiseptic cream**[4] on the cut before you use a plaster.

貼上貼布之前你應該先在傷口上抹些消毒藥膏。

I I just **scraped**[5] my elbow while **rollerblading**.[6] It's not serious.

我溜直排輪時擦傷了手肘。不是很嚴重。

R Wash the wound with clean water or normal saline so it doesn't get **infected**.[7]

先將傷口用乾淨的水或生理食鹽水清洗乾淨，這樣才不會感染。

I This **gash**[8] on my forehead won't stop bleeding.

我額頭的傷口不停地流血。

R Don't pick at your **scab**![9]

不要剝你的結痂！

🎧 MP3 10

Ⅰ I broke a glass and sliced my finger picking up a broken piece.

我打破了一個玻璃杯，撿碎片時割傷了手指。

Ⓡ If you use a **waterproof**¹⁰ Band-Aid, it'll heal faster.

如果你使用防水 OK 繃，傷口會好得比較快。

Ⅰ Ouch! I got a paper cut.

唉喲！我被紙割傷了。

Ⓡ There are **Band-Aids / plasters**¹¹ in the medicine cabinet.

醫藥箱裡面有 OK 繃。

🔍 WORD LIST

① **accidentally** [ˌæksəˋdɛntḷɪ] *adv.* 偶然地；意外地
② **stitches** [ˋstɪtʃɪz] *n.* （傷口）縫針
③ **skin** [skɪn] *v.* 擦破皮
④ **antiseptic** [ˌæntəˋsɛptɪk] **cream** *n.* 抗菌藥膏
⑤ **scrape** [skrep] *v.* 擦傷
⑥ **rollerblade** [ˋrolɚˌbled] *v.* 溜直排輪
⑦ **infected** [ɪnˋfɛktɪd] *adj.* （傷口）受感染的
⑧ **gash** [gæʃ] *n.* 深長的切口（或傷口）
⑨ **scab** [skæb] *n.* 痂
⑩ **waterproof** [ˋwɔtɚˌpruf] *adj.* 防水的；不透水的
⑪ **Band-Aid** [ˋbændˌed] / **plaster** [ˋplæstɚ] *n.* OK 繃

11 瘀傷
Bruises

→ Initiator → Response

 I **banged**[1] my knee on the coffee table.
我的膝蓋撞到了咖啡桌。

 Put some ice on it to stop the bruise from getting bigger.
冰敷瘀傷處以防止擴散。

 I **stubbed**[2] my toe.
我踢傷了腳趾頭。

 I've heard that if you bruise your leg, you should **elevate**[3] it during the first day.
我聽人說如果你的腳瘀傷了，在第一天的時候應該把腳抬高。

 I got a bump on my forehead when I fell out of my bed this morning, but it's turned into a **bruise**.[4]
今天早上我從床上摔下來額頭撞了個包，結果卻變成瘀青。

 It will **fade**[5] on its own. Just give it a few weeks.
瘀青會自行消散。給它幾個禮拜的時間。

🔊 MP3 11

Ⓘ I bruised my arm so badly that the bruise now has blood spots.

我手臂上的瘀傷非常嚴重，現在都變成血斑了。

Ⓡ You can use a **heat pack**[6] after two days to make it heal faster.

兩天後你可以用熱敷包讓瘀青快一點消散。

Ⓘ He gave me a **black eye**![7]

他打得我眼睛瘀青！

Ⓡ You should use an **ice pack**[8] or a **cold compress**[9] to make the **swelling**[10] go down.

你應該使用冰袋或冷敷布來消腫。

🔍 WORD LIST

① **bang** [bæŋ] *v.* 猛擊；撞傷

② **stub** [stʌb] *v.* 使碰踢

③ **elevate** [ˋɛləˌvet] *v.* 舉起；抬起

④ **bruise** [bruz] *n.* 瘀傷；青腫

⑤ **fade** [fed] *v.* 褪去

⑥ **heat pack** [ˋhit ˌpæk] *n.* 熱敷包

⑦ **black eye** [ˋblækˋaɪ] *n.* 黑眼圈；被打得發青的眼圈

⑧ **ice pack** [ˋaɪs ˌpæk] *n.* 冰袋；冰敷袋

⑨ **cold compress** [kold ˋkɑmprɛs] *n.* （消炎等用的）冷敷布

⑩ **swelling** [ˋswɛlɪŋ] *n.* 腫脹

12 流鼻血
Bloody Nose

I Can you please hand me a tissue? My nose is bleeding.
可不可以請你遞張衛生紙給我？我流鼻血了。

R **Tilt**[1] your head forward.
把你的頭向前傾。

I I get **nosebleeds**[2] whenever the air is too dry.
每當空氣太乾燥的時候我就會流鼻血。

R Bring your head down and **pinch**[3] your **nostrils**[4] together.
低頭，然後捏住鼻孔。

I This always happens when I'm really stressed.
每次只要我壓力大就會這樣。

R Use a tissue and hold the **bridge**[5] of your nose.
用張衛生紙按住你的鼻樑。

I I get **chronic**[6] nosebleeds in the winter.
在冬天我會習慣性流鼻血。

R You should get a **humidifier**[7] for your room.
你應該在房間裡放一台加濕器。

🎵 MP3 12

① I've been blowing my nose too hard. Now I've got a nosebleed.

我一直擤鼻子擤得太用力了。這會兒流鼻血了。

R Ice will help stop the blood flow.

冰塊有助於止血。

---

① It's been ten minutes but the bleeding still hasn't stopped.

已經十分鐘了，但血還是流個不停。

R If it doesn't stop bleeding in the next ten minutes, you should go to see a doctor.

如果過了十分鐘血還是流個不停，你就應該去看醫生。

🔍 **WORD LIST**

① **tilt** [tɪlt] *v.* 傾斜；偏斜
② **nosebleed** [ˋnozˏblid] *n.* 流鼻血
③ **pinch** [pɪntʃ] *v.* 捏；擰
④ **nostrils** [ˋnɑstrɪlz] *n.* 鼻孔
⑤ **bridge** [brɪdʒ] *n.* 鼻樑
⑥ **chronic** [ˋkrɑnɪk] *adj.* （病）慢性的；（人）久病的
⑦ **humidifier** [hjuˋmɪdəˏfaɪɚ] *n.* 濕潤器；增濕器

I → Initiator   R → Response

I I burned my **wrist**[1] when I was ironing.
我熨衣服的時候燙傷了手腕。

R Hold your hand under cold water for a few minutes.
把你的手浸泡在冷水裡面幾分鐘。

I I **scalded**[2] myself with hot water.
我被熱水燙傷了。

R Don't put ice on it. It might make it worse.
不要冰敷。那樣可能會讓傷口更嚴重。

I Michael accidentally **jabbed**[3] me with a lit cigarette.
麥可不小心用點燃的香菸戳到我。

R We should wrap up your hand with **gauze.**[4]
我們應該用紗布把你的手包紮起來。

Make sure you change the gauze every day.
紗布一定要每天更換。

🎵 MP3 13

Ⓘ He **spilled**[5] a cup of hot coffee on my **lap**.[6]
他把一杯熱咖啡灑到我的大腿上。

Ⓡ If it really hurts, you can take a **pain reliever**.[7]
如果傷口真的很痛，你可以吃顆止痛藥。

Ⓘ I think I got a really bad burn. It's starting to **blister**.[8]
我想我的燙傷很嚴重。已經開始起水泡了。

Ⓡ Don't break the blisters. You could get an **infection**.[9]
不要弄破水泡，你可能會受到感染。

🔍 WORD LIST
....

① **wrist** [rɪst] *n.* 腕；腕關節
② **scald** [skɔld] *v.* 燙傷
③ **jab** [dʒæb] *v.* 刺；戳
④ **gauze** [gɔz] *n.* （醫用）紗布
⑤ **spill** [spɪl] *v.* 濺出；溢出
⑥ **lap** [læp] *n.* （腰以下到膝為止的）大腿部
⑦ **pain reliever** [ˋpen rɪˋlivə] *n.* 止痛藥
⑧ **blister** [ˋblɪstə] *v.* 起水泡　*n.* （皮膚上因燙傷、摩擦而起的）水泡
⑨ **infection** [ɪnˋfɛkʃən] *n.* 傳染；感染

14 曬傷
Sunburn

☐ I forgot to use **sun block**[1] and now I'm as red as a lobster.

我忘了使用防曬乳液，結果現在人紅得像隻龍蝦。

☐ Use **aloe vera**[2] to help **soothe**[3] your skin.

用蘆薈露舒緩你的肌膚。

☐ My neck is **bubbling**.[4] Is that bad?

我的脖子起水泡了。這樣是不是很糟？

☐ You should stay out of the sun for a few days.

這幾天你應該不要再曬太陽。

☐ My shoulders got **roasted**.[5]

我的肩膀曬傷了。

☐ Keep **slathering**[6] on moisturizer to prevent your skin from peeling.

在皮膚上持續厚敷保濕霜以防止脫皮。

☐ My skin **itches**[7] and I think my face is all **puffy**.[8]

我的皮膚很癢，我覺得我的臉整個腫起來了。

☐ You might feel more comfortable if you take a cool bath.

洗個冷水澡你或許會覺得舒服一些。

What You Might Say!

What You Might Hear!

🎵 MP3 14

Ⓘ I feel really **faint**.[9] I think I've been out in the sun for too long.

我覺得頭好暈。我想我在太陽底下待太久了。

Ⓡ Get out of the sun. You look like you have **sunstroke**.[10]

不要站在太陽下。你看起來像是中暑了。

Ⓘ My arms got sunburned a few days ago, and now the skin is **peeling**.[11]

我的手臂幾天前曬傷了，現在脫皮了。

Ⓡ Try applying cold compresses soaked in water.

試試在水裡浸泡過的冷敷布。

❓ WORD LIST

① **sun block** [`sʌn ˌblɑk] *n.* 防曬乳
② **aloe vera** [`ælo`vɛrə] *n.* 蘆薈（露）
③ **soothe** [suð] *v.* 緩和；減輕
④ **bubble** [`bʌbl] *v.* 起（水）泡
⑤ **roast** [rost] *v.* 烤；炙
⑥ **slather** [`slæðə] *v.* 厚厚塗一層；大量塗抹
⑦ **itch** [ɪtʃ] *v.* 發癢
⑧ **puffy** [`pʌfɪ] *adj.* 脹大的
⑨ **faint** [fent] *adj.* 頭暈的
⑩ **sunstroke** [`sʌnˌstrok] *n.* 中暑
⑪ **peel** [pil] *v.* 脫皮

15 起疹子
Rashes

I → Initiator   **R** → Response

I I think I got a **rash**[1] from eating those shrimp.
我想我因為吃了那些蝦子而起了疹子。

R Try using some ice to make it stop itching.
試試用冰敷止癢。

I I can't stop **scratching**[2] my arm. This rash itches like crazy.
我忍不住一直搔手臂。這疹子癢得要命。

R That looks like a heat rash. Wear loose, comfortable clothing.
這看起來像汗疹。穿寬鬆、舒適的衣服。

Scratching spreads rashes.
抓會使得疹子擴散。

I Cats make me **break out**[3] in **hives**.[4]
貓會讓我起蕁麻疹。

I think my rash is **spreading**.[5]
我想我的疹子在擴散。

R Don't take really hot showers.
不要洗太熱的澡。

🔊 MP3 15

Ⅰ I've never had a rash like this before. I usually get small red bumps, but this is one huge **welt**.[6]

我以前疹子從沒起得這麼嚴重。我通常只是冒些小紅點，但現在卻腫成這麼一大條。

Ⓡ Rashes are sometimes caused by **toxins**[7] in your body, so drink plenty of water to flush them out.

疹子有時候是你體內的毒素所引起的，所以喝大量的水可以把它們排掉。

Ⅰ I think I might have sat in **poison ivy**.[8]

我想我可能坐到野葛了。

Ⓡ For **irritation**[9] caused by poison ivy you can use **calamine**[10] lotion.

因野葛產生的不適可以塗痱子膏。

🔍 **WORD LIST**

① **rash** [ræʃ] *n.* 疹子
② **scratch** [skrætʃ] *v.* 抓；搔
③ **break out** 爆發；突然發生
④ **hives** [haɪvz] *n.* 蕁麻疹
⑤ **spread** [sprɛd] *v.* 蔓延；散佈
⑥ **welt** [wɛlt] *n.* 條狀紅腫
⑦ **toxin** [ˈtɑksɪn] *n.* 毒素
⑧ **poison ivy** [ˈpɔɪsn̩ ˈaɪvɪ] *n.* 野葛；櫟葉毒漆樹
⑨ **irritation** [ˌɪrəˈteʃən] *n.* 發炎；斑疹；疼痛
⑩ **calamine** [ˈkæləˌmaɪn] *n.* （藥用）爐甘石，常加於痱子膏中有收斂的作用

蚊蟲或動物叮咬

Insect / Animal Bites

| I | → Initiator　　| R | → Response

| I | I'm getting eaten by mosquitoes out here!
我快要被這裡的蚊子咬死了！

| R | You should use some **insect repellent**[1] whenever you're outdoors for a long time.
只要長時間待在戶外就應該使用驅蟲劑。

| I | These don't look like mosquito bites. What do you think bit me?
這些看起來不像是被蚊子叮的。你覺得我被什麼叮了？

| R | You could have been bitten by a **flea**[2] or a **tick**.[3]
你可能是被跳蚤或壁蝨叮咬了。

| I | I got stung by a bee / **wasp**.[4]
我被蜜蜂／黃蜂螫到了。

| R | Make sure you get the **stinger**[5] out.
務必把螫針拔除。

| I | I think I'm having an **allergic**[6] reaction to this insect bite.
我想我對這種昆蟲叮咬起了過敏反應。

| R | You can try putting an **antihistamine**[7] on the bite.
你可以在被叮咬處塗上抗組織胺藥試試。

🔘 MP3 16

Ⅰ That cat / dog just bit me on the **ankle!**[8]
那隻貓／狗剛剛咬了我的腳踝！

Ⓡ When was the last time you got a **tetanus**[9] shot?
你上一次打破傷風針是什麼時候？

Ⅰ I was walking in the woods and something bit me!
我剛剛在林間散步時被什麼東西給咬了！

Ⓡ You should see a doctor immediately, because animals like **raccoons**[10] and bats often have **rabies.**[11]
你應該立刻去看醫生，因為浣熊或蝙蝠之類的動物常常有狂犬病。

🔍 WORD LIST

① **insect repellent** [ˋɪnsɛkt rɪˏpɛlənt] *n.* 驅蟲劑
② **flea** [fli] *n.* 跳蚤
③ **tick** [tɪk] *n.* 壁蝨
④ **wasp** [wɑsp] *n.* 黃蜂
⑤ **stinger** [ˋstɪŋɚ] *n.* 螫針
⑥ **allergic** [əˋlɝdʒɪk] *adj.* 過敏的
⑦ **antihistamine** [æntɪˋhɪstəmin] *n.* 抗組織胺藥物
⑧ **ankle** [ˋæŋkl̩] *n.* 踝；足踝
⑨ **tetanus** [ˋtɛtənəs] *n.* 破傷風
⑩ **raccoon** [ræˋkun] *n.* 浣熊
⑪ **rabies** [ˋrebiz] *n.* 狂犬病

17 感染

Infections

I → Initiator R → Response

I I think my cut got infected.
我想我的傷口感染了。

R Wash it out and then apply an **antibiotic**[1] cream.
將傷口清洗乾淨，然後塗上抗生素藥膏。

I My wound is leaking yellow **fluid**.[2] Is that bad?
我的傷口有黃色液體流出。這樣是很嚴重嗎？

R Yeah, if there's yellow or green **pus**,[3] then it's infected.
沒錯，如果流出黃色或綠色的膿，就表示傷口被感染了。

I I have a **sore throat**[4] that just won't go away.
我喉嚨痛，一直好不了。

R You might have **tonsillitis**.[5] You should see a doctor.
你可能得了扁桃腺炎。你應該去看醫生。

I I think I got an ear infection from swimming in the river.
我想我在河裡游泳的時候耳朵受到了感染。

R I'll take you to the pharmacy to get you some **ear drops**.[6]
我帶你去藥局買瓶耳藥水。

🔘 MP3 17

Ⅰ I have a **sore**[7] on my back that keeps getting bigger.
我的背上長了腫瘡，愈變愈大。

Ⓡ You might have a **staph**[8] infection. If it gets worse, you'll have to take antibiotics.
你可能被葡萄球菌感染。如果惡化，你就必須服用抗生素。

Ⅰ My eye is really red and **swollen**.[9]
我的眼睛真的很紅又腫。

Ⓡ I think you have **pinkeye**.[10] The doctor can tell you how to treat it.
我想你得了急性結膜炎。醫生會告訴你該怎麼處理。

🔍 WORD LIST

① **antibiotic** [ˌæntɪbaɪˈɑtɪk] *n.* 抗生素
② **fluid** [ˈfluɪd] *n.* 流質；液體
③ **pus** [pʌs] *n.* 膿
④ **sore throat** [ˈsor ˈθrot] *n.* 喉嚨痛
⑤ **tonsillitis** [ˌtɑnslˈaɪtɪs] *n.* 扁桃腺炎
⑥ **ear drops** [ˈɪrˌdrɑps] *n.* 耳藥水
⑦ **sore** [sor] *n.* 腫瘡
⑧ **staph** [stæf] *n.* 葡萄球菌 (= **staphylococcus** [stæfələˈkɑkəs])
⑨ **swollen** [ˈswolən] *adj.* 膨脹的；浮腫的
⑩ **pinkeye** [ˈpɪŋkˌaɪ] *n.* 急性結膜炎

扭傷或拉傷

Sprains

I I missed the last step and **twisted**[1] my ankle.
我沒踏到最後一個階梯，結果扭傷了腳踝。

R Try not to put any **weight**[2] on it for the next day or two.
未來這一、兩天儘量不要讓患部承受重力。

I I heard a **popping**[3] sound when I fell down.
我跌倒的時候聽到啪的一聲。

R It doesn't look like it's broken, but you should still see
a doctor.
看起來骨頭沒有斷，但你還是應該去看醫生。

I I can't bend my **elbow**.[4]
我的手肘不能彎。

R **Ice**[5] it to make the swelling go down.
冰敷患部以消腫。

I It really hurts when I walk.
我走路的時候真的很痛。

R You can use an **ankle brace**[6] to give you extra
support.
你可以穿護踝加強支撐。

🔵 MP3 18

☐ I think I slept funny. My neck really hurts.
我想我睡覺姿勢不良。我的脖子真的好痛。

☐ Applying a hot compress will help relieve the pain.
熱敷可以緩解疼痛。

☐ I pulled a **muscle**[7] playing basketball last night.
我昨晚打籃球的時候肌肉拉傷了。

☐ I usually massage a pulled muscle with ice for about twenty minutes.
我通常會用冰塊按摩拉傷的肌肉大約二十分鐘。

🔍 WORD LIST

① **twist** [twɪst] *v.* 扭傷
② **weight** [wet] *n.* 重量
③ **popping** [`pɑpɪŋ] *adj.* 發出啪聲的
④ **elbow** [`ɛlbo] *n.* 手肘
⑤ **ice** [aɪs] *v.* 以冰覆蓋在肌膚上
⑥ **ankle brace** [`æŋkḷ͵bres] *n.* 護踝
⑦ **muscle** [`mʌsḷ] *n.* 肌肉

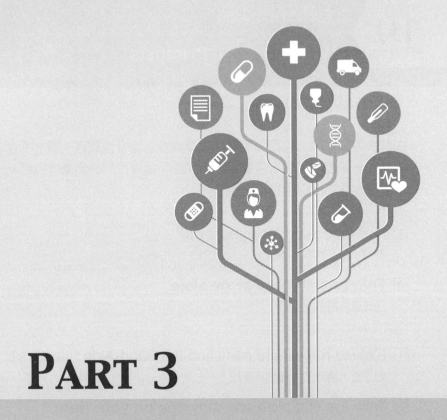

PART 3

非處方治療
　　──購買成藥

Over-the-Counter Treatment

上哪兒找藥品？

Where to Find Products

在許多西方國家，人們如果只是著涼或得了流行性感冒，通常不會看醫生。他們會購買在多數藥妝店或藥局都買得到的非處方用藥。以下教你該怎麼說出自己的需求。

I Hi, I'm looking for **eyedrops**.[1]
你好，我在找眼藥水。

R They're at the end of the **aisle**.[2]
在走道的盡頭。

I Excuse me, where can I find the Band-Aids / plasters?
對不起，請問 OK 繃放在哪裡？

R Take the first aisle and they'll be **on your right**.[3]
走第一排走道，東西就放在你的右手邊。

I Do you know where the **cough drops**[4] are?
你知不知道止咳錠在哪裡？

R They should be with all the other pain relievers.
它應該和所有其他的止痛藥放在一起。

I Could you point me in the direction of the vitamins?
你可不可以指一下放維他命的地方？

🎵 MP3 19

Ⓡ Go all the way to the back and you'll find it in the **corner.**⁵

一直走到後面，東西就放在角落上。

Ⓘ (*Pointing to a list*) Could you please help me find this?

(*指著一張單子*) 可否請你幫我找這個東西？

Ⓡ Follow me. I'll show you where it is.

跟我來。我告訴你放在什麼地方。

Ⓘ Which aisle can I find **aspirin**⁶ in?

阿斯匹靈在哪一排走道？

Ⓡ I actually don't know. Let me ask someone for you.

其實我不太清楚。我幫你問其他人。

 WORD LIST

① **eyedrops** [ˋaɪˌdrɑps] *n.* 眼藥水
② **aisle** [aɪl] *n.* 走道
③ **on your right** 在你的右邊
④ **cough drop** [ˋkɔfˌdrɑp] *n.* 止咳錠；喉糖
⑤ **corner** [ˋkɔrnə] *n.* 角落
⑥ **aspirin** [ˋæspərɪn] *n.* 阿斯匹靈（藥片）

20 尋求適當的醫療方式建議

Suggestions for Suitable Treatment

| I | → Initiator | R | → Response

I Do you have anything for a really **bad cough**?[1]
你們有沒有什麼藥可以治療嚴重的咳嗽？

R This cough medicine is a pain reliever and cough **suppressant**.[2]
這個咳嗽藥方是止痛藥兼鎮咳劑。

I I might have a **fever**.[3] Is there anything that can make it go down?
我好像發燒了。有什麼藥可以退燒嗎？

R If you just have a **mild**[4] fever, a few **Advil**[5] or **Tylenol**[6] tablets will help.
如果你只是輕微發燒，吃一點 Advil 或 Tylenol 藥片會有幫助。

I What can you recommend for **cold sores**?[7]
你會建議用什麼藥治療唇皰疹？

R We have a **gel**[8] and an **ointment**[9] that helps cold sores. 我們有凝膠和軟膏可以治療唇皰疹。

I Is there something I can take for a really **stuffy nose**?[10]
我嚴重鼻塞，有沒有什麼藥可以吃？

R We have a few different **sinus**[11] medicines. Do you have a stuffy nose because of a cold or **allergies**?[12]
我們有幾種不同鼻竇藥。你的鼻塞是因為感冒還是過敏所引起的？

I I can't sleep at night because I get coughing **fits**.[13]
我晚上睡不著，因為我一直咳嗽。

R Here, this nighttime **formula**[14] will help you get a good night's rest.
唔，這個安眠藥劑會讓你一夜好眠。

I What can I take for an **upset**[15] stomach?
我胃不舒服，可以吃什麼藥？

R If you're feeling **nauseous**,[16] you should take **Pepto Bismol**,[17] but an **antacid**[18] will work for a regular upset stomach.
如果你覺得噁心，可以吃 Pepto Bismol，但是一般的胃不舒服用制酸劑就可以了。

WORD LIST

① **bad cough** 嚴重咳嗽
② **suppressant** [sə`prɛsn̩t] n. 抑制藥
③ **fever** [`fivə] n. 發燒
④ **mild** [maɪld] adj. 輕微的
⑤ **Advil®** [`ædvɪl] n. 【商標】感冒與止痛藥
⑥ **Tylenol®** [`taɪlənɔl] n. 【商標】感冒與止痛藥
⑦ **cold sore** [`kold ͵sor] n. 唇皰疹
⑧ **gel** [dʒɛl] n. 凝膠
⑨ **ointment** [`ɔɪntmənt] n. 軟膏；油性藥膏
⑩ **stuffy nose** [`stʌfɪ `noz] n. 鼻塞
⑪ **sinus** [`saɪnəs] n. 鼻竇
⑫ **allergy** [`ælədʒɪ] n. 過敏症
⑬ **fit** [fɪt] n.（病的）發作
⑭ **formula** [`fɔrmjələ] n. 配方；處方
⑮ **upset** [ʌp`sɛt] adj. 不舒服的
⑯ **nauseous** [`nɔʃɪəs] adj. 令人作嘔的；使人厭惡的
⑰ **Pepto Bismol®** [`pɛptə`bɪzmɔl] n. 【商標】胃藥
⑱ **antacid** [ænt`æsɪd] n. 解酸劑；制酸劑

I Will this medicine make me feel sleepy?
這個藥會讓人昏昏欲睡嗎？

R It's a non-**drowsy**[1] formula, so you should be able to take it during the day.
這是不嗜睡的處方，所以你應該可以白天吃。

I How many **capsules**[2] do I take each day?
我一天要服用幾顆膠囊？

R Take two capsules, three times a day.
每次吃兩顆膠囊，一天三次。

I Is it better to take this before or after a meal?
這種藥飯前還是飯後吃比較好？

R Take the medicine after each meal, and once before you go to bed.
藥每餐飯後吃，睡前再吃一次。

I Is it safe to **apply**[3] this gel on my lip?
這種凝膠塗在嘴唇上安全嗎？

R This medicine is safe to **ingest**.[4]
這種藥吃下去很安全。

🎵 MP3 21

Ⓘ How long can I use this for?

這種藥我可以用多久？

Ⓡ Just use the ointment until the rash goes down.

就塗藥膏，直到疹子消失為止。

If it doesn't **clear up**[5] in a few days, you should probably see a doctor.

如果幾天之內沒有痊癒，你或許就該去看醫生。

🔍 WORD LIST

① **drowsy** [`draʊzɪ] *adj.* 昏昏欲睡的

② **capsule** [`kæpsl] *n.* 膠囊

③ **apply** [ə`plaɪ] *v.* 塗；敷

④ **ingest** [ɪn`dʒɛst] *v.* 攝取；吸收

⑤ **clear up** 減輕；痊癒

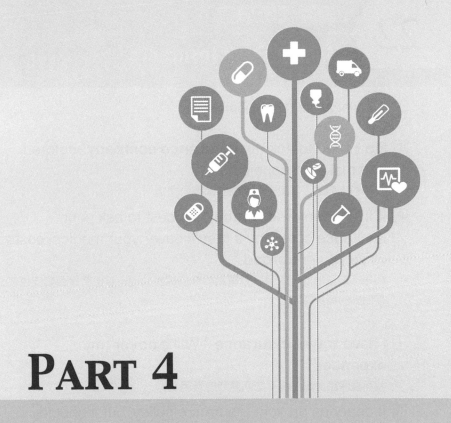

PART 4

医院／診所管理
Hospital / Clinic Administration

22 詢問保險事宜

Asking about Insurance

Ⅰ → Initiator　　**Ⓡ → Response**

Ⅰ Do I need to ask my **insurance company**[1] before I can make an appointment?

我預約之前是否需要先詢問我的保險公司？

Ⓡ If it's not an **emergency**,[2] it's best to ask your insurance company if they'll cover your medical costs while you're **abroad**.[3]

如果不是緊急狀況，最好打電話給你的保險公司，看他們是否會支付你在海外的醫療費用。

Ⅰ I have **travel insurance**.[4] Will it **cover**[5] my **expenses**?[6]

我有投保旅遊險。能不能涵蓋我的費用？

Ⓡ It depends on your insurance policy, but it should cover your **fees**.[7]

視你的保單而定，但是應該會涵蓋你的費用。

Ⅰ Do I need insurance to see a doctor here?

在這裡我必須有保險才能看醫生嗎？

Ⓡ No, we don't require that you have insurance, but the basic fees are quite high and they don't include any medication or tests you might need.

不用，我們沒有規定你要投保，但是基本費用會很高，而且不包括任何用藥或你可能需要做的檢驗。

Ⓘ Will you **bill**[8] my insurance company directly?

你們會將帳單直接開給我的保險公司嗎？

Ⓡ Yes, we'll send your insurance company all the **paperwork**[9] and bill them directly.

是的，我們會將所有書面文件寄給你的保險公司並直接開立帳單。

Ⓘ How much will this cost if my insurance won't cover it?

萬一我的保險不支付這個費用，那我要付多少錢？

Ⓡ A basic consultation costs $90.

基本諮詢費是九十美元。

Ⓘ I only have my country's national health insurance.

我只保了自己國家的全民健康保險。

Ⓡ Some countries with national health insurance will pay for your medical fees overseas. You should call home and check.

有些國家的全民健康保險會支付你在海外的醫療費用。你應該打電話回去確認一下。

🔍 WORD LIST

① **insurance company** [ɪnˋʃʊrənsˋkʌmpənɪ] *n.* 保險公司
② **emergency** [ɪˋmɝdʒənsɪ] *n.* 緊急情況
③ **abroad** [əˋbrɔd] *adv.* 在國外
④ **travel insurance** 旅遊保險
⑤ **cover** [ˋkʌvə] *v.* （保險範圍）涵蓋；（保險）支付
⑥ **expense** [ɪkˋspɛns] *n.* 費用；價錢
⑦ **fee** [fi] *n.* 費用
⑧ **bill** [bɪl] *v.* 將……記為（某人）的帳；給……開帳單
⑨ **paperwork** [ˋpepəˏwɝk] *n.* 文書工作；書面文件

23 門診赴約
Arriving for an Appointment

| I | → Initiator | R | → Response   🔊 MP3 23

I Hi, I'm here to see Dr. Warner.
嗨，我來看華納醫生的門診。

R Please take a seat. She'll be right with you.
請坐，她很快就來。

I I have a 2 o'clock appointment with Dr. Newton.
我和牛頓醫師預約兩點的門診。

R Go right in. The doctor's **expecting**[1] you.
請直接進去，醫師正在等你。

I Excuse me. I've been waiting for my appointment for forty-five minutes already. When will I be able to see the doctor?
對不起。我等我預約的門診已經四十五分鐘了。我什麼時候才可以看得到醫生？

R I'm sorry. We're a little **backed up**.[2] It shouldn't be too much longer.
對不起，人稍微多了些。應該不會再等太久了。

🔍 WORD LIST
....

① **expect** [ɪk`spɛkt] v. 期待；盼望
② **back up** 人或車輛在隊伍中愈積愈多

24 臨時就診
Arriving at a Drop-In Clinic

Ⅰ I'd like to see the **GP**[1] **on duty**[2] today.
我想看今天有看診的家醫科醫師。

Ⓡ Certainly. Please take a number and **fill out**[3] these **forms**.[4]
好的。請取號碼牌,並填妥這些表格。

Ⅰ How long do you think I'll have to wait?
你看我必須等多久?

Ⓡ There are eight people **ahead of**[5] you, so I'd say at least an hour.
你前面還有八個人,所以我想至少還需要一小時。

Ⅰ What time do you see **patients**[6] until?
這裡看診最晚到什麼時候?

Ⓡ Please take a seat until your number is called.
請坐,等到你的號碼被叫到。

ⓠ WORD LIST

① **GP = general practitioner** 家庭醫學科醫師(與專科醫師相對)
② **on duty** 值班;上班
③ **fill out** 填寫   ④ **form** [fɔrm] *n.* 表格
⑤ **ahead of** 在……之前   ⑥ **patient** [ˋpeʃənt] *n.* 病人

付款

Payment

I Will you bill my insurance company or me first?
你們會將帳單先寄給我的保險公司還是先寄給我？

R You'll receive a **separate**[1] bill from your **physician**.[2]
你的醫師會另外寄一張帳單給你。

I Do you **accept**[3] **credit cards**?[4]
你們接不接受信用卡付款？

R Yes, we accept all major credit cards.
是的，我們接受所有主要的信用卡。

I Would it be okay if I wrote you a **check**?[5]
我開支票給你們可以嗎？

R A personal check is fine, but you'll need to show **identification**.[6]
個人支票可以，但是你必須出示身分證件。

I (*Looking at the receipt*[7]) What's this fee for?
（*看著收據*）這個費用是做什麼的？

R It's the fee for your test.
這是你的檢驗費用。

🎵 MP3 25

I I'll just pay with **cash**.⁸

　我付現好了。

R There's an **ATM**⁹ located in the **lobby**¹⁰ if you need it.

　如果你需要的話，大廳那裡有台自動提款機。

I Does this bill cover everything?

　這帳單包含所有項目嗎？

R This bill covers your consultation, the tests you had done, and the medication we're giving you.

　這份帳單費用涵蓋了你的診療、你所做的檢驗，以及我們開立的藥品。

🔍 WORD LIST

① **separate** [ˋsɛpəˌrɪt] *adj.* 分開的

② **physician** [fɪˋzɪʃən] *n.* 內科醫生；醫師

③ **accept** [əkˋsɛpt] *v.* 接受

④ **credit card** 信用卡

⑤ **check** [tʃɛk] *n.* 支票

⑥ **identification** [aɪˌdɛntəfəˋkeʃən] *n.* 身分證明

⑦ **receipt** [rɪˋsit] *n.* 收據

⑧ **cash** [kæʃ] *n.* 現金

⑨ **ATM = Automated Teller Machine** 自動存提款機

⑩ **lobby** [ˋlɑbɪ] *n.* 大廳

填寫表格——樣本

Fill Out the Form—Sample

W Hospital Admission Form
W 醫院就診表

Date 日期：_____ / _____ / _____
(year)　　(month)　　(day)

Last Name 姓氏：_____

First Name 名字：_____

M.I. 中間名的起首字母：_____

Mailing Address 通訊地址：[1] _____

City 城市：_____ State 州別：_____

Zip Code 郵遞區號：_____

Home Address (if different from above)

住家地址（與通訊地址不同者）：_____

City 城市：_____ State 州別：_____

Zip Code 郵遞區號：_____

Home Phone Number 住家電話：_____

Birthdate 出生日期：_____ (year)/ _____ (month)/ _____ (day)

Social Security Number 社會安全碼：[2] _____

Sex 性別：_____ Marital[3] Status 婚姻狀況：_____

If under 18, please provide parent information. If married, please provide spouse[4] information.（下列）如未滿十八歲，請填寫父母資料。如已婚，請填寫配偶資料。

Name 姓名：_____

Social Security Number 社會安全碼：_____

Employer's Name and Address 雇主姓名和電話：_____

_____

Have you been treated at this hospital before? ☐ Yes / ☐ No

以前是否曾在本院就診？☐ 有／☐ 沒有

Allergies: ☐ Yes / ☐ No / ☐ Maybe

過敏：☐ 有／☐ 沒有／☐ 可能有

Allergy Type: Medication / Food / Latex[5] / Others: _____

過敏類型：藥物／食物／乳膠／其他：_____

Emergency Contact 緊急聯絡人：_____

Relationship to Patient 與病人的關係：[6] _____

Address 地址：_____

City 城市：_____   State 州別：_____

Zip Code 郵遞區號：_____

Daytime Phone 白天聯絡電話：_____

Evening Phone 晚上聯絡電話：_____

Please list any other special needs or physical limitations[7] the hospital staff should know about.

請列出其他任何醫務人員應該知道的特殊需求或身體狀況。

_____

27 填寫表格──實用字彙和建議

Fill Out the Form—Useful Hints

☑ 訣竅

① 用正楷書寫清楚。

② 選擇萬一發生狀況時,你希望可以立即通知的緊急聯絡人。

③ 務必寫下是否對任何藥物過敏,並提供醫護人員任何詳細記載你過敏情形的文件(病歷表、信件、紀錄等)。

☑ 關鍵字彙

① **Mailing Address** 通訊地址

如果醫院要寄信給你,會用到這個地址。

② **Social Security Number** 社會安全碼

常用 SSN 表示,相當於美國人的身分證號碼。至於外籍人士則填寫護照號碼,並可詢問醫護人員是否還有其他院方可能需要知道的資訊。

③ **marital** [ˋmærət!] *adj.* 婚姻的;夫妻的

④ **spouse** [spauz] *n.* 配偶

⑤ **latex** [ˋletɛks] *n.* (橡膠樹等的)乳膠

⑥ **Relationship to Patient** 與病人的關係

指你和緊急聯絡人之間的關係。緊急聯絡人通常是配偶、父母、兄弟姊妹或好友。

⑦ **Special Needs / Physical Limitations** 特殊需求/身體限制

醫院必須知道你是否需要特殊協助或行動是否自如。例如是否坐輪椅,或是否患有會影響日常作息的疾病。

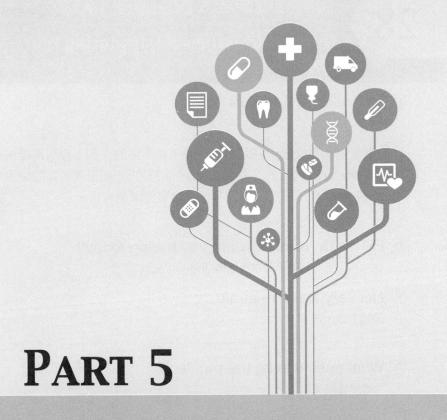

PART 5

進行診療
　　——和醫師對談 & 檢驗

Diagnosis
— Talking to the Doctor & Examination

D → Doctor　　P → Patient

你的醫生可能會提出一些問題以便正確診斷你的疾病。儘可能提供醫療人員充分的訊息，不用害怕提出你的疑問。如果覺得你的醫生不太關心，不要遲疑，去請教其他健康照護專業人員。

D Hi. I'm Dr. Kim. How are you feeling today?
嗨，我是金姆醫師。你今天覺得如何？

P Not very well, I'm afraid.
恐怕不是太好。

D What seems to be the problem?
大概是什麼問題？

P I have a high fever.
我發高燒。

D Where does it hurt?
哪裡痛？

P I have a pain in my shoulders and back.
我肩膀和背都痛。

🎵 MP3 26

Ⓓ What are your **symptoms**?[1]
你有什麼症狀？

Ⓟ I've been feeling **nauseous**[2] since this morning.
我從今天早上開始就一直想吐。

Ⓓ Are you taking any medication?
你是不是有在服用任何藥物？

Ⓟ I just took some aspirin.
我剛剛吃了些阿斯匹靈。

Ⓓ How long have you been having this problem?
你這個毛病有多久了？

Ⓟ I started feeling sick Sunday night.
從星期天晚上開始就覺得不舒服。

🔍 **WORD LIST**

① **symptom** [ˋsɪmptəm] *n.* 徵狀；病的症狀
② **nauseous** [ˋnɔʃɪəs] *adj.* 令人作嘔的；使人厭惡的

29 感冒／流行性感冒
Cold / Flu

D Do you have a **runny**[1] or stuffy nose?
你有流鼻涕或是鼻塞嗎？

P My nose is running. / My nose is very blocked.
我正在流鼻水。／我的鼻子很塞。

D Any **aches**[2] or pains?
哪裡疼痛或不舒服？

P My whole body aches.
我全身痠痛。

D Are you experiencing a **dry cough**?[3]
你是不是有乾咳？

P Yes, I've got a dry **hacking cough**.[4]
對，我是在乾咳。

D Are you coughing up any **phlegm**?[5]
你咳嗽有沒有痰？

P I'm coughing up clear phlegm. / I'm coughing up thick yellow phlegm.
我咳出的是清痰。／我咳出的是黏稠的黃痰。

🎵 MP3 27

Ⓓ Does it hurt to **swallow**?[6]
吞嚥的時候會不會痛？

Ⓟ My sore throat is worse in the morning.
我的喉嚨痛今天早上變得更嚴重了。

Ⓓ Are you feeling **feverish**?[7]
你是不是覺得有點發燒？

Ⓟ I took my temperature and I think I have a mild fever.
我量過體溫了，我想我有一點發燒。

Ⓓ Do you have any other symptoms?
你有其他症狀嗎？

Ⓟ I started feeling tired three days ago and can't stop **sneezing**.[8]
我三天前開始覺得疲倦，而且一直不停地打噴嚏。

Q WORD LIST

① **runny** [ˈrʌnɪ] *adj.* 流鼻涕的
② **ache** [ek] *n.* 疼痛
③ **dry cough** [kɔf] *n.* 乾咳
④ **hacking cough** 乾咳
⑤ **phlegm** [flɛm] *n.* 痰
⑥ **swallow** [ˈswɑlo] *v.* 嚥下；吞下
⑦ **feverish** [ˈfivərɪʃ] *adj.* 發燒的
⑧ **sneeze** [sniz] *v.* 打噴嚏

30 頭痛

Headaches

D → Doctor   P → Patient

D When did the headaches first start?
第一次頭痛是什麼時候開始的？

P They started about a week ago.
大約是一個禮拜前開始。

D Do they last a long time?
頭痛是不是持續很久？

P Sometimes it lasts for a few seconds. Other times it lasts for 15 minutes or more.
有時候持續幾秒鐘，有時候持續十五分鐘，甚至更久。

D Is it a **dull**[1] ache or a **piercing**[2] pain?
是隱隱作痛，還是頭痛欲裂？

P It feels like a pounding on the right side of my head. / It's more like a **throbbing**[3] pain.
痛得像我的腦袋右側在乒乒乓乓響。／感覺比較像是陣陣抽痛。

D Where is the pain located?
痛的位置在哪裡？

P The pain is **isolated**[4] around my **temples**.[5]
痛的地方主要在我兩側太陽穴。

64

🔊 MP3 28

Ⓓ When do they usually occur?
頭痛通常發生在什麼時候？

Ⓟ They usually occur when I'm **overtired**[6] or **stressed**.[7]
通常發生在我過度疲勞或有壓力的時候。

Ⓓ Do you have any other symptoms? Vision problems? Tightness in your **jaw**?[8]
你還有沒有其他症狀？視覺有沒有問題？下巴有沒有緊緊的？

Ⓟ Whenever I get a headache, my **vision**[9] gets **blurry**.[10]
我只要頭痛，視線就會模糊。

🔍 WORD LIST

① **dull** [dʌl] *adj.* 隱約的
② **piercing** [ˋpɪrsɪŋ] *adj.* 尖銳的；刺穿的
③ **throb** [θrɑb] *v.* 心臟、脈搏等的跳動；悸動
④ **isolated** [ˋaɪsḷ͵etɪd] *adj.* 被隔離的
⑤ **temple** [ˋtɛmpl] *n.* 太陽穴
⑥ **overtired** [͵ovɚˋtaɪrd] *adj.* 過度疲勞的
⑦ **stressed** [stɛst] *adj.* 緊張的；感到有壓力的
⑧ **jaw** [dʒɔ] *n.* 下顎
⑨ **vision** [ˋvɪʒən] *n.* 視力
⑩ **blurry** [ˋblɝɪ] *adj.* 模糊的

31

疼痛不舒服

Aches and Pains

D Is it a muscle pain or a **joint**[1] pain?

是肌肉疼痛，還是關節痛？

P It feels like it's coming from my elbow.

疼痛的感覺像是從手肘那邊傳過來的。

D When does it usually hurt?

通常什麼時候會痛？

P It hurts when I bend it / **straighten**[2] it.

當我彎曲／伸直的時候就會痛。

D Does your muscle feel really **stiff**?[3]

你會覺得肌肉非常僵硬嗎？

P It's hard to straighten my leg.

我的腿伸不太直。

D Can you move your arm around?

你的手臂可以隨意擺動嗎？

P I can't move my arm.

我不能動我的手臂。

🎵 MP3 29

P My muscle feels really **tender**.⁴ Do you think it might be an infection?

我的肌肉一碰就痛。我是不是感染了什麼？

D Have you **overworked**⁵ this muscle lately?

你最近這部分肌肉是否運動過度？

P My back always hurts after I play golf.

我只要打完高爾夫背就會痛。

I think I **put my back out**.⁶

我想我閃到腰了。

I've been resting for three days, but it still really hurts.

我已經休息三天了，但還是很痛。

D If you've already iced it, you can use heat to help soothe the pain.

如果你已經冰敷過了，可以用熱敷來舒緩疼痛。

🔍 WORD LIST
....

① **joint** [dʒɔɪnt] *n.* 關節

② **straighten** [`stretn] *v.* 使變直；拉直

③ **stiff** [stɪf] *adj.* 僵硬的

④ **tender** [`tɛndə] *adj.* 脆弱的；一觸就痛的

⑤ **overworked** [ˌovə`wɜkt] *adj.* 工作過度的

⑥ **put one's back out** 閃到腰

32

消化道問題

Digestive Tract Problems

☑ 醫療人員可能會問

☐ Are you **constipated**?[1]
你是不是便秘？

☐ Do you get **heartburn**?[2]
你的胃會不會灼熱？

☐ Do certain foods make you **bloated**?[3]
是不是有某些特定的食物會讓你脹氣？

☐ Do you have a lot of gas?
你肚子裡是不是有很多的氣？

☐ You may need to change your **diet**.[4]
你可能需要改變你的日常飲食。

☐ Is the **vomiting**[5] associated with the gas?
嘔吐是不是跟排氣有關連？

☑ 病患可能會說

☐ I haven't had a **bowel movement**[6] for a few days.
我好幾天沒有排便了。

☐ I get a pain in my chest when I eat late at night.
我晚上晚一點進食的時候胸口會痛。

MP3 30

☐ I can't seem to stop **burping**.[7]

我似乎沒法停止打嗝。

☐ I **pass** a lot of **gas**[8] right after a meal.

我吃過飯後會一直放屁。

☐ I can't **keep** anything **down**.[9]

我吃什麼就吐什麼。

☐ I've got a really bad case of **diarrhea**.[10]

我腹瀉得很嚴重。

⊙ WORD LIST

① **constipated** [ˋkɑnstəˌpetɪd] *adj.* 患有便秘的

② **heartburn** [ˋhɑrtˌbɝn] *n.* 胃灼熱

③ **bloated** [ˋblotɪd] *adj.* 膨脹的

④ **diet** [ˋdaɪət] *n.* 日常的飲食

⑤ **vomit** [ˋvɑmɪt] *v.* 嘔吐

⑥ **bowel** [ˋbauəl] **movement** *n.* 排便

⑦ **burp** [bɝp] *v.* 打嗝

⑧ **pass gas** 放屁

⑨ **keep down** （把食物）留在胃中

⑩ **diarrhea** [ˌdaɪəˋriə] *n.* 腹瀉

33

腹部問題

Abdominal Problems

D Which side is the pain on?
哪一邊會痛？

P The pain is on my left side. I keep **doubling over**[1] from the pain.
痛在我的左側。我痛到腰挺不起來。

D If it's on the left, it could be **appendicitis**.[2]
如果是左邊會痛，可能是盲腸炎。

P I get really bad **cramps**[3] during my **period**.[4]
我月經來的時候腹部會嚴重絞痛。

D Does the area feel swollen?
這個部位是否覺得腫脹？

P There's a hard **lump**[5] on my lower right **abdomen**.[6]
我腹部右下方有個硬硬的腫塊。

D Are you having **regular**[7] bowel movements?
你的排便正常嗎？

P My bowel movements are quite irregular.
我的排便狀況很不規律。

🎵 MP3 31

D Does it hurt to **pass stool**?[8]

上大號的時候會痛嗎？

P No, but it burns when I **urinate**.[9]

不會，不過我小便的時候有灼熱感。

D What does your **urine**[10] look like?

你的尿液是什麼顏色？

P There's blood in my urine.

我有血尿。

🔍 WORD LIST

① **double over**（因疼痛或笑）而彎著身子
② **appendicitis** [ə,pɛndə`saɪtɪs] *n.* 闌尾炎；盲腸炎
③ **cramp** [kræmp] *n.* 腹部絞痛；抽筋
④ **period** [`pɪrɪəd] *n.* 月經；生理期
⑤ **lump** [lʌmp] *n.* 腫塊；隆起
⑥ **abdomen** [`æbdəmən] *n.* 腹部
⑦ **regular** [`rɛgjələ] *adj.* 規律的；正常的
⑧ **pass stool** [stul] 解便
⑨ **urinate** [`jʊrə,net] *v.* 排尿
⑩ **urine** [`jʊrɪn] *n.* 尿

34 胸部疼痛
Chest Pain

D → Doctor   P → Patient

D Is the pain between your **shoulder bones**[1] or under your **breastbone**?[2]
痛是在肩胛骨之間，還是胸骨下方？

P There's a lot of **pressure**[3] in the middle of my chest.
胸腔中間壓迫感很重。

D What does it feel like?
怎麼個痛法？

P It's like something is **squeezing**[4] my heart.
感覺像有東西在擠壓我的心臟。

D Does the pain occur while you're **at rest**[5] or while you're moving about?
你靜止的時候會痛，還是活動的時候會痛？

P It helps if I rest, but the pain doesn't entirely go away.
如果我休息不動就比較好，但是疼痛並沒有完全消失。

D Is the pain always in the same place?
是否總是同一個地方在痛？

P The pain moves from my chest to my back.
疼痛從我的前胸傳到我的後背。

🔘 MP3 32

Ⓓ Does the pain **come on**[6] suddenly, or does it **gradually**[7] get stronger?

是突然會很痛，還是慢慢地愈來愈痛？

Ⓟ It's like something is slowly **crushing**[8] me.

感覺像有東西在慢慢地輾壓我。

Ⓓ Does anything you do make the pain worse?

你做什麼事的時候會讓你覺得更痛嗎？

Ⓟ It hurts if I **bend down**.[9]

我如果彎下腰就會痛。

Ⓠ WORD LIST

① **shoulder bone** [`ʃoldəˌbon] *n.* 肩胛骨

② **breastbone** [`brɛstˌbon] *n.* 胸骨

③ **pressure** [`prɛʃə] *n.* 壓力

④ **squeeze** [skwiz] *v.* 擠；壓

⑤ **at rest** 靜止

⑥ **come on** （病痛的）發作

⑦ **gradually** [`grædʒuəlɪ] *adv.* 逐步地；漸漸地

⑧ **crush** [krʌʃ] *v.* 輾壓

⑨ **bend** [bɛnd] **down** 彎腰

35

咳嗽／呼吸問題
Coughing / Breathing Problems

D → **Doctor**　　P → **Patient**

D Can you **describe**[1] your cough?
可不可以描述一下你咳嗽的情形？

P I keep getting this hacking cough.
我一直不斷短促地乾咳。

I cough so much that I start to **gag**.[2]
我咳嗽得很厲害，咳到會想吐。

D Do you smoke?
你抽不抽煙？

P Yes. I smoke a pack a day.
有。我一天抽一包菸。

P I'm worried about my **shallow breathing**.[3]
我對於我的呼吸短促感到有點擔心。

D Are you **wheezing**[4] when you breathe?
你呼吸的時候會有喘聲嗎？

Have you ever been **diagnosed**[5] with **asthma**?[6]
你是否曾被診斷過有氣喘？

What You Might Say!

What You Might Hear!

🎵 MP3 33

Ⓓ When do you usually feel **shortness of breath**?[7]
你通常什麼時候會覺得喘不過氣來？

Ⓟ I can't seem to breathe when I lie on my side.
我側躺的時候似乎無法呼吸。

Ⓓ Do you find it hard to breathe when you're lying down?
你平躺的時候是不是會覺得呼吸困難？

Ⓟ Whenever I breathe in, I can feel a **tightness**[8] in my chest.
每次吸氣的時候我都覺得胸口緊緊的。

🔍 WORD LIST

① **describe** [dɪ`skraɪb] v. 描述
② **gag** [gæg] v. 作嘔；噎住
③ **shallow** [`ʃælo] **breathing** 呼吸短淺
④ **wheeze** [hwiz] v. 發出氣喘聲
⑤ **diagnose** [`daɪəgnoz] v. 診斷
⑥ **asthma** [`æzmə] n. 氣喘
⑦ **shortness of breath** 喘不過氣
⑧ **tightness** [`taɪtnɪs] n. 緊密

36

感染性疾病

Infectious Diseases

D Have you traveled anywhere recently?
你最近有沒有去哪裡旅行？

Have you come into **contact**[1] with any **livestock**?[2]
你是不是有接觸過家畜？

P I recently came back from South Africa.
我最近剛從南非回來。

D What **vaccines**[3] have you received?
你注射過什麼疫苗？

P I've been **vaccinated**[4] against **polio**,[5] **measles**,[6]
mumps,[7] **rubella**,[8] and **chickenpox**.[9]
我注射過小兒麻痺、麻疹、腮腺炎、德國麻疹和水痘的疫苗。

D Have you been bitten by any insects in the past few
days?
你過去幾天有沒有被蚊蟲叮咬過？

P I think that I got a tick bite on my camping trip.
我想我在露營的時候被壁蝨叮到了。

🔊 MP3 34

D I'm putting you on home **quarantine**[10] for a week.
我要你做居家隔離一個禮拜。

P How long will it take to know if I've been infected?
要多久才會知道我是否被感染了？

I've been wearing a **face mask**[11] all week so I won't infect anyone.
我一整個禮拜都戴著口罩，所以我不會傳染給其他人。

D Have you been having **unprotected sex**?[12]
你是不是在從事性行為的時候都沒有做好預防措施？

P No. I always use **condoms**.[13]
不。我都會戴保險套。

 WORD LIST

① **contact** [ˋkɑntækt] *n.* 接觸

② **livestock** [ˋlaɪvˌstɑk] *n.* 家畜

③ **vaccine** [ˋvæksin] *n.* 疫苗

④ **vaccinate** [ˋvæksn̩ˌet] *v.* 注射疫苗

⑤ **polio** [ˋpolɪo] *n.* 小兒麻痺症

⑥ **measles** [ˋmizl̩z] *n.* 麻疹

⑦ **mumps** [mʌmps] *n.* 腮腺炎

⑧ **rubella** [ruˋbɛlə] *n.* 德國麻疹

⑨ **chickenpox** [ˋtʃɪkɪnpɑks] *n.* 水痘

⑩ **quarantine** [ˋkwɔrənˌtin] *n.* 隔離；檢疫

⑪ **face mask** 面罩；口罩

⑫ **unprotected sex** [ˌʌnprəˋtɛktɪd ˋsɛks] *n.* 沒有防護措施的性行為

⑬ **condom** [ˋkɑndəm] *n.* 保險套

37 過敏
Allergies

D → Doctor   P → Patient

D Are you **allergic**[1] to any medication?
你是否對任何藥物過敏？

P I'm allergic to all types of **penicillin**.[2]
我對所有的盤尼西林都過敏。

P I usually get allergies in spring.
我一到春天就會過敏。

D It looks like **allergy**[3] season is here.
看來過敏發生的季節來臨了。

D Do you have any pets at home?
你家中是不是有飼養寵物？

P I have a dog at home, but I don't seem to be allergic to him.
我家裡養了一隻狗，但是我並不會對牠過敏。

D Do your allergy symptoms **occur**[4] indoors or outdoors?
你的過敏症狀發生在室內或戶外？

P My allergies symptoms occur anywhere. I can't stop sneezing and my eyes are really **watery**.[5]
我的過敏症狀隨處都會發作。我不斷打噴嚏，而且眼睛一直流眼淚。

🎵 MP3 35

D Do any foods cause an allergic reaction?

是不是任何食物都會引起過敏反應？

P I think I'm allergic to **dairy**[6] products.

我想我對乳製品過敏。

D What are your usual symptoms?

一般你會出現什麼症狀？

P I have a **runny**[7] nose first thing in the morning, but it usually **clears up**[8] by lunchtime.

我早上一起床就會流鼻水，但是到了午餐時間通常就好了。

🔍 WORD LIST

① **allergic** [əˋlɝdʒɪk] *adj.* 過敏的

② **penicillin** [ˌpɛnɪˋsɪlɪn] *n.* 盤尼西林

③ **allergy** [ˋælədʒɪ] *n.* 過敏

④ **occur** [əˋkɝ] *v.* 發生

⑤ **watery** [ˋwɔtərɪ] *adj.* 淚汪汪的；充滿水的

⑥ **dairy** [ˋdɛrɪ] *adj.* 酪農的；乳酪的（dairy products 指乳製品）

⑦ **runny** [ˋrʌnɪ] *adj.* 流鼻涕的

⑧ **clear up** 減輕；痊癒

38 皮膚問題
Skin Problems

D → **Doctor**　　P → **Patient**

P I have really dry, **scaly**[1] skin.
我的皮膚非常乾燥，很容易脫皮。

D It looks like you have **eczema**.[2]
看起來你得了濕疹。

P Does it look **cancerous**?[3] 是不是看起來像癌症？

D When did you first notice these **bumps**?[4]
你什麼時候第一次注意到這些硬塊？

P The bumps started appearing two days ago.
這些硬塊在兩天前開始出現。

P This **mole**[5] has gotten a lot bigger and it looks a bit **discolored**.[6]
這顆痣愈長愈大，而且看起來顏色有一點變。

D When did your mole start looking **irregular**?[7]
你的痣什麼時候開始呈現不規則的形狀？

D Is the **wart**[8] causing you any **discomfort**?[9]
這個疣有沒有引起你任何的不舒適？

P The wart doesn't hurt, but can it be removed?
這疣並不會痛，但是可不可以將它除掉？

🎵 MP3 36

D Have you been using any new products on your skin?

你最近有沒有在你的皮膚上塗抹任何新產品？

P I started using a new **moisturizer**[10] last week.

我上禮拜開始使用新買的保濕乳液。

🔍 WORD LIST

① **scaly** [`skelɪ] *adj.* 鱗片般剝落的；脫皮的

② **eczema** [`ɛksɪmə] *n.* 濕疹

③ **cancerous** [`kænsərəs] *adj.* 癌症的

④ **bump** [bʌmp] *n.* 碰撞；腫塊

⑤ **mole** [mol] *n.* 痣

⑥ **discolored** [dɪs`kʌləd] *adj.* 褪色的；變色的

⑦ **irregular** [ɪ`rɛgjələ] *adj.* 不規則狀的

⑧ **wart** [wɔrt] *n.* 疣；腫瘤

⑨ **discomfort** [dɪs`kʌmfət] *n.* 不適；不舒服

⑩ **moisturizer** [`mɔɪstʃə,raɪzə] *n.* 潤膚乳液（或霜、露）

☑ 病患可能會說

☐ How did I get **corns**[1] on top of my toes?

我的腳趾頭頂端為什麼會長雞眼？

☐ I think I may have an **ingrown**[2] toenail. My big toe is really swollen.

我想我的腳趾甲可能往肉中長了。我的大拇趾腫得很大。

☐ What kind of shoes provide the best support?

什麼樣的鞋子支撐力最好？

☐ I can't seem to get rid of this **athlete's foot**.[3]

我香港腳的毛病似乎一直好不了。

☐ My toes always seem bent. Is this **hammer toe**?[4]

我的腳趾看起來總是彎彎的。這是不是槌狀趾？

☐ I think the problem is with my **Achilles tendon**.[5]

我想這個問題和我的跟腱有關。

☑ 醫療人員可能會問

☐ I can try **freezing**[6] your wart off. If that doesn't work, you may want to consider **surgery**.[7]

我可以試著將你的疣凍掉。如果沒有效，你或許就要考慮動手術。

☐ Does it hurt in the heel or the **arch**[8] of your foot?

是腳後跟還是你的腳掌內側在痛？

☐ Your **toenails**[9] can get a **fungal**[10] infection if you don't change your socks enough, or if you walk **barefoot**[11] in warm, wet areas.

如果你沒有經常替換襪子，或者在溫暖潮濕的地方光著腳走路，你的腳趾甲可能會感染黴菌。

☐ Keep your feet dry and use a **medicated**[12] foot powder. That should take care of any foot **odors**.[13]

腳要保持乾燥，並使用足用藥粉。這樣應該可以解決所有腳臭的問題。

☐ Your foot pain might be due to a condition called flat feet. 你的腳痛應該是一種稱為扁平足的症狀所引起的。

☐ I think your **bunions**[14] might be caused by your shoes. They look like they're too small for you.

我想你的拇囊腫應該是鞋子造成的。你穿的鞋子看起來太小了。

WORD LIST

① **corn** [kɔrn] *n.* 雞眼
② **ingrown** [`ɪn,gron] *adj.* 向內生長的；（腳趾甲）往肉中生長的
③ **athlete's** [`æθlɪts] **foot** *n.* 香港腳
④ **hammer toe** [`hæmə,to] *n.* 槌狀趾
⑤ **Achilles tendon** [ə`kɪliz `tɛndən] *n.* 跟腱；阿基里斯肌腱
⑥ **freeze** [friz] *v.* 冷凍；凍結
⑦ **surgery** [`sədʒərɪ] *n.* 外科手術
⑧ **arch** [ɑrtʃ] *n.* 腳掌內側的穹窿；足弓
⑨ **toenails** [`to,nelz] *n.* 腳趾甲
⑩ **fungal** [`fʌŋgl] *n.* 黴菌的
⑪ **barefoot** [`bɛr,fʊt] *adv.* 赤腳地
⑫ **medicated** [`mɛdɪ,ketɪd] *adj.* 摻入藥物的
⑬ **odor** [`odə] *n.* 氣味
⑭ **bunion** [`bʌnjən] *n.* 拇囊腫（大趾內側的腫脹）

40 睡眠障礙
Sleep Disorders

☑ 病患可能會說

□ I **toss and turn**[1] all night.
我整晚翻來覆去睡不著。

□ I'm so tired I'm willing to try **sleeping pills**.[2]
我真的很疲憊,我願意試試安眠藥。

□ I get about six hours sleep a night.
我晚上大概睡六個小時。

□ My wife says I keep her awake with all the noise I make.
我太太說我的鼾聲讓她睡不著覺。

□ I always **oversleep**.[3]
我總是睡過頭。

□ I wake up at least two or three times a night to use the bathroom.
我晚上會醒來去上廁所至少兩次或三次。

☑ 醫療人員可能會問

□ How long have you been having **nightmares**?[4]
你作惡夢有多久了?

(🎵) MP3 38

☐ **How long does it take you to fall asleep?**
你要多久才能入睡？

☐ **What's your bedtime routine?**[5]
你睡前的作息如何？

☐ **Do you feel well rested in the morning?**
你早上起床時是否覺得獲得了充分的休息？

☐ **Do you snore?**[6]
你會不會打鼾？

☐ **Do you wake up in the middle of the night?**
你半夜是不是會醒來？

Ⓠ WORD LIST

① **toss and turn** 輾轉反側
② **sleeping pills** 安眠藥
③ **oversleep** [ˌovɚˈslip] *v.* 睡過頭
④ **nightmare** [ˈnaɪtˌmɛr] *n.* 惡夢；夢魘
⑤ **routine** [ruˈtin] *n.* 例行公事；常規
⑥ **snore** [snor] *v.* 打鼾

☐ (*Looking at your throat*) Open your mouth and say "Ahhhh".

（*檢查喉嚨*）張開嘴巴，說「阿……」。

☐ (*When listening to your **lungs**[1]*) Take a deep breath and let it out slowly.

（*聆聽肺部時*）深呼吸，然後慢慢吐氣。

☐ (*When taking your **blood pressure**[2]*) Hold your arm out and try to relax.

（*測量血壓*）伸出你的手臂，試著放鬆。

☐ (*When taking a **blood sample**[3]*) Turn your arm out and **clench**[4] your fist.

（*抽驗血液樣本時*）把你的手臂轉過來，握緊拳頭。

☐ (*After giving an **injection**[5]*) Bend your arm and hold this **cotton pad**[6] in place.

（*打完針之後*）手臂彎曲，用棉花球按住注射處。

☐ (*Taking your temperature*) Keep the **thermometer**[7] under your tongue.

（*量體溫*）將體溫計含在你的舌頭下。

☐ Try to raise your arms in the air.

試試把你的雙手舉到空中。

☐ Please lie down on the **examination**[8] table.

請躺在檢驗台。

🎧 MP3 39

☐ Please put on this **gown**.[9]

請穿上這件長袍。

☐ Turn your head to the left / right.

把你的頭轉到左邊／右邊。

☐ Follow my finger with your eyes, but don't move your head.

眼睛隨著我的手指移動，但是頭不要動。

☐ I'm going to **tap**[10] your knee to test your **reflexes**.[11]

我要輕敲你的膝蓋以測試你的反射神經。

🔍 WORD LIST

① **lung** [lʌŋ] *n.* 肺
② **blood pressure** 血壓
③ **blood sample** 血液樣本
④ **clench** [klɛntʃ] *v.* 握緊
⑤ **injection** [ɪnˋdʒɛkʃən] *n.* 注射
⑥ **cotton pad** 棉花球
⑦ **thermometer** [θəˋmɑmətə] *n.* 溫度計
⑧ **examination** [ɪɡ,zæməˋneʃən] *n.* 檢查
⑨ **gown** [ɡaʊn] *n.* 袍子
⑩ **tap** [tæp] *v.* 輕拍；輕敲
⑪ **reflexes** [ˋriflɛksɪz] *n.* 反映；反射作用

42

檢驗——對過程提出疑問

Examination—Asking Questions about Procedures

☐ Will this hurt?

這會痛嗎？

☐ How long do I have to stay in this position?

這個姿勢我要維持多久？

☐ Can I move now?

我現在可以動了嗎？

☐ What does my blood pressure **reading**[1] mean?

我的血壓讀數意味什麼？

☐ Is this really necessary?

這真有必要嗎？

☐ Does this injection have any **side effects**?[2]

打這種針是否會引起任何副作用？

☐ Is my temperature higher than normal?

我的體溫算高嗎？

☐ Do you know what's wrong with me?

你知不知道我的問題出在哪裡？

☐ Is it bad that I can't turn my head?

我的頭不能轉動，這樣是不是很糟？

☐ Is it serious?

是不是很嚴重？

What You Might Say!

What You Might Hear!

🔊 MP3 40

☐ How long is this going to take?

這將會花多少時間？

☐ How often should I get my **cholesterol³ level⁴** tested?

我應該多久檢驗一次膽固醇指數？

☐ Ouch! Is it **supposed to⁵** hurt?

唉喲！這是不是本來就會痛？

Q WORD LIST
....

① **reading** [`ridɪŋ] *n.* 讀數（指示的讀數）

② **side effects** 副作用

③ **cholesterol** [kəˋlɛstə͵rol] *n.* 膽固醇

④ **level** [ˋlɛvḷ] *n.* 程度；層次

⑤ **supposed to** 被認為應當的

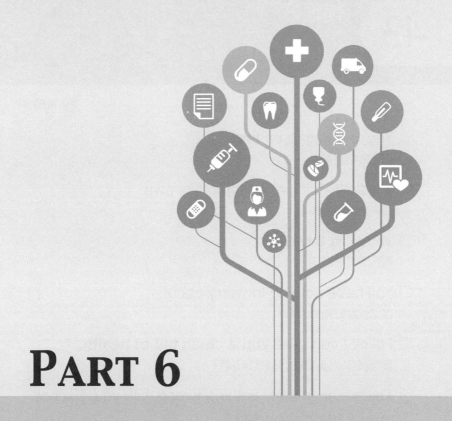

PART 6

預後和治療
Prognosis and Treatment

43

你很好

You're Fine

🎵 MP3 41

☐ You're going to be fine.
你不會有問題的。

☐ It looks like it cleared up on its own.
看來它自行消失了。

☐ You're **in the clear**.[1]
你已經沒問題了。

☐ You have nothing to worry about.
你沒什麼好擔心的。

☐ I think I can **give you a clean bill of health**.[2]
我想我可以確認你的健康狀況良好。

☐ There's absolutely nothing wrong with you. Except maybe **hypochondria**.[3]
你一點問題也沒有——除了可能得了憂鬱症。

🔍 WORD LIST

① **in the clear** 病症解除
② **give sb. a clean bill of health** 確認某人的健康狀況良好
③ **hypochondria** [ˌhaɪpəˈkɑndrɪə] *n.* 憂鬱症

44 你生病了
You're Sick

🎧 MP3 42

☐ You've got a mild case of **tonsillitis**.[1]
你得了輕微的扁桃腺炎。

☐ It's a good thing you came in.
還好你有來看病。

☐ We're going to have to run some more tests.
我們還要多做一些檢驗。

☐ I'm going to send you to a **specialist**.[2]
我要將你轉給專科醫生。

☐ You're **suffering**[3] from **dehydration**.[4]
你顯現出的病狀是脫水。

☐ I'm afraid it's more serious than we thought.
恐怕比我們先前想的還要嚴重。

🔍 WORD LIST
- -
① **tonsillitis** [ˌtɑnslˈaɪtɪs] *n.* 扁桃腺炎
② **specialist** [ˈspɛʃəlɪst] *n.* 專科醫生
③ **suffer** [ˈsʌfɚ] *v.* 患病
④ **dehydration** [ˌdihaɪˈdreʃən] *n.* 脫水

45 用藥和處方
Medicine and Prescription

☐ Take this **prescription**¹ to a **pharmacy/chemist**² and have it **filled**³ right away.
立刻拿這個處方到藥局去，請他們依處方給藥。

☐ This medicine will help fight the infection.
這個藥方有助於對抗感染。

☐ Remember to finish the entire course of **antibiotics**.⁴
記得要把整個療程的抗生素服用完畢。

☐ Take this before bedtime if you have trouble sleeping.
如果你有睡眠障礙，睡前服用這個藥。

☐ You can stop taking this **tablet**⁵ as soon as you feel better.
你只要覺得好轉，就可以停止服用這種藥片。

☐ This medication should be taken on an empty stomach.
這種藥應該空腹吃。

🔍 WORD LIST

① **prescription** [prɪˋskrɪpʃən] *n.* 處方；藥方
② **pharmacy** [ˋfɑrməsɪ] *n.* (US) / **chemist** [ˋkemɪst] *n.* (UK) 藥房；藥局
③ **fill** [fɪl] *v.* 配（藥）
④ **antibiotic** [ˏæntɪbaɪˋɑtɪk] *n.* 抗生素
⑤ **tablet** [ˋtæblɪt] *n.* 藥片

46

注射
Injections

☐ We'll have to give you a shot for your allergic reaction.
我們得幫你注射過敏反應的針。

☐ You'll feel better once we hook you up to an **IV**.[1]
只要我們幫你打點滴，你就會覺得比較舒服。

☐ It's been a while since your last **immunization**.[2]
You're going to need a **booster shot**.[3]
距離你上次打預防針已經有一段時間了。你必須施打加強針。

☐ This injection will cause some swelling, but it should go down in a few days.
這次的注射會有點腫，但是過幾天應該就會消了。

☐ Don't worry. It's just like a **pinprick**.[4]
不用擔心，就像被針扎一下。

☐ An injection is the most effective way to get the medicine into your **bloodstream**.[5]
打針是讓藥劑進入血脈內最有效的方法。

🔍 WORD LIST

① **IV** = **intravenous** [ˌɪntrəˈvinəs] *n.* 靜脈注射（即點滴）
② **immunization** [ˌɪmjʊnəˈzeʃən] *n.*（免疫）預防針
③ **booster** [ˈbustə] **shot** *n.* 加強針（後續的疫苗注射）
④ **pinprick** [ˈpɪnˌprɪk] *n.* 針刺
⑤ **bloodstream** [ˈblʌdˌstrim] *n.* 體內血液的流動

☑ **Part I**

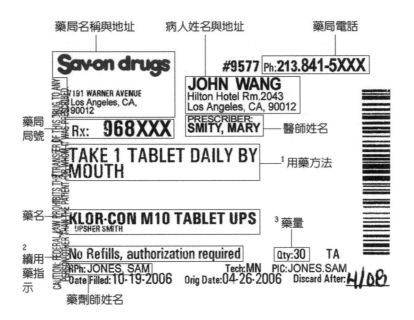

① 用藥方法：Take 1 tablet daily by mouth 每日口服一個藥片
② 續用藥指示：No refills, authorization required 不可續藥，需醫師
　 指示。
③ 藥量：Qty = Quantity

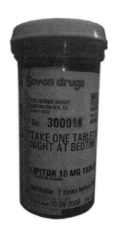

MAY DISSOLVE IN WATER.
STIR-SWALLOW. RINSE DOWN
W/WATER. DO NOT CHEW PIECES ①

TAKE THIS MEDICATION WITH
PLENTY OF WATER. ②

TAKE WITH FOOD ③

TAKE OR USE THIS EXACTLY AS
DIRECTED. DO NOT SKIP DOSES
OR DISCONTINUE. ④

This is a(n) WHITE, OBLONG-shaped TAB-
imprinted with KC M10 on the front. ⑤

① 可溶解在水裡。攪拌後吞服。
　 跟水一起服下 (W / WATER)。
　 不可嚼碎。
② 服藥需配大量的水
③ 可與食物同時服用
④ 依照指示服用。不可斷斷續續或停用。
⑤ 這是白色、橢圓形的藥片，印有 KC M10 字樣在上面。

48 藥瓶上的標示 II

Medicine Labels II

☑ **Part I**

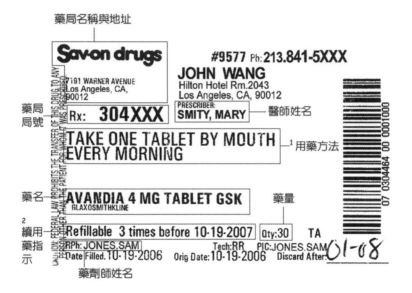

① 用藥方法：Take one tablet by mouth every morning 每日早上口服
一個藥片

② 續用藥指示：Refillable 3 times before 10-19-2007　2007 年 10 月 19
日之前可續藥三次

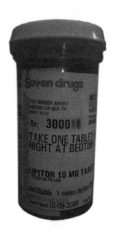

This is a(n) ORANGE, PENTAGON-shaped TABLET imprinted with 4 on the front and SB on the back. —— ①

DO NOT USE IF PREGNANT OR SUSPECT YOU ARE PREGNANT OR ARE BREAST FEEDING. —— ②

THIS MEDICATION MAY BE TAKEN WITH OR WITHOUT FOOD. —— ③

Don't Wait, Call A Day Ahead —— ④

① 這是橘色、五角形的藥片，正面印有 4，反面印有 SB 字樣。

② 懷孕者、或是疑似有受孕，或是哺乳者不可使用。

③ 可與食物或不與食物同時服用

④ 如需續藥，提前一天聯繫。

🎧 MP3 45

☐ I'd like to **schedule**[1] you for an **MRI**.[2]
我要為你安排時間進行核磁共振檢驗。

☐ I'm going to **draw** some **blood**[3] today and send it to the lab. We should get the results back on Thursday.
我今天要抽一點血並送到實驗室。我們星期四就應該可以知道結果了。

☐ The **EKG**[4] confirmed our **initial**[5] **diagnosis**.[6]
心電圖證實我們初步的診斷無誤。

☐ The results were **inconclusive**.[7]
從報告結果無法做出結論。

☐ The test came back **positive**[8] / **negative**.[9]
檢驗結果呈現陽性／陰性。

☐ Your urine test showed a high level of **uric acid**,[10] which is what causes **kidney stones**.[11]
你的尿液檢驗顯示尿酸指數很高,這是引起腎結石的原因。

🔍 WORD LIST

① **schedule** [ˈskɛdʒʊl] *v.* 安排時間
② **MRI = Magnetic Resonance Imaging** [mæɡˈnɛtɪk ˈrɛznəns ˈɪmɪdʒɪŋ] 核磁共振造影
③ **draw blood** 抽血
④ **EKG = electrocardiogram** [ɪˌlɛktroˈkɑrdɪəˌɡræm] *n.* 心電圖
⑤ **initial** [ɪˈnɪʃəl] *adj.* 最初的　　　⑥ **diagnosis** [ˌdaɪəɡˈnosɪs] *n.* 診斷
⑦ **inconclusive** [ˌɪnkənˈklusɪv] *adj.* 未獲結論的;未確定的
⑧ **positive** [ˈpɑzətɪv] *adj.* 陽性的　　⑨ **negative** [ˈnɛɡətɪv] *adj.* 陰性的
⑩ **uric acid** [ˈjʊrɪk ˈæsɪd] *n.* 尿酸　　⑪ **kidney stone** [ˈkɪdnɪˌston] *n.* 腎結石

50 手術
Surgery

🎧 MP3 46

☐ We may have to consider surgery.

我們或許必須考慮動手術。

☐ Surgery is your only **option**.[1]

手術是你唯一的選擇。

☐ It's a **minor operation**,[2] but there are some **risks**.[3]

這是個小手術，但是有些風險。

☐ **Recovery**[4] time would take at least four weeks.

要復元至少需要四個禮拜的時間。

☐ It's a very **routine**[5] surgery. We usually do it on an **outpatient**[6] basis.

這只是例行性手術。我們通常會對門診病人進行這類手術。

☐ We will **monitor**[7] your situation and see if surgery is the way to go.

我們會追蹤你的情況，看看是否有動手術的必要。

🔍 WORD LIST

① **option** [ˋɑpʃən] *n.* 選擇

② **minor operation** [ˋmaɪnəˏɑpəˋreʃən] *n.* 小型手術

③ **risk** [rɪsk] *n.* 風險

④ **recovery** [rɪˋkʌvərɪ] *n.* 復元；康復

⑤ **routine** [ruˋtin] *adj.* 例行的

⑥ **outpatient** [ˋautˏpeʃənt] *n.* 門診病人

⑦ **monitor** [ˋmɑnətə] *v.* 監聽；監測；監視

51 關於飲食的建議
Recommended Diet

☑ 患者可能會問

☐ Am I allowed to eat dairy products?
我可以吃乳製品嗎？

☐ Can I still drink beer?
我還可以喝啤酒嗎？

☐ (*Pointing to a food list*) Are these foods completely **off-limits**,[1] or am I allowed them in **moderation**?[2]
（*手比著食物清單*）這些食物是不是完全禁止，還是我可以適量地攝取？

☐ If I limit these foods, will I still get enough **calcium**?[3]
如果我禁吃這些食物，我鈣的攝取量是否還會足夠？

☐ What kind of vitamins should I be taking? Is a daily **multivitamin**[4] enough?
我應該吃哪種維他命？一天一顆綜合維他命夠不夠？

☐ How can I maintain a **well-balanced**[5] diet?
我要如何才能維持均衡的飲食？

☑ 醫生可能會建議

☐ Cut out all foods containing **gluten**.[6]
所有含有麩質的食物都不要吃。

☐ You need to cut down on your **sodium**[7] **intake**.[8]
你必須減少鈉的攝取。

☐ Pay attention to how much **fat**[9] you **consume**[10] each day.

留意你每天脂肪的攝取量。

☐ You should get on a **high-protein**[11] diet.

你應該採取高蛋白飲食法。

☐ Avoid all **refined sugars**[12] and **carbohydrates**.[13]

避免攝取任何精製糖和碳水化合物。

☐ Make sure you get enough **fiber**.[14]

一定要攝取足夠的纖維。

🔍 WORD LIST

① **off-limits** [ˋɔfˋlɪmɪts] *adj.* 禁止進入的

② **moderation** [ˏmɑdəˋreʃən] *n.* 節制；適度

③ **calcium** [ˋkælsɪəm] *n.* 鈣

④ **multivitamin** [ˏmʌltəˋvaɪtəmɪn] *n.* 綜合維他命

⑤ **well-balanced** [ˋwɛlˋbælənst] *adj.* 均衡的

⑥ **gluten** [ˋglutən] *n.* 麩質（即麵筋，一種存於麥類當中常見的穀蛋白）

⑦ **sodium** [ˋsodɪəm] *n.* 鈉

⑧ **intake** [ˋɪnˏtek] *n.* 吸收

⑨ **fat** [fæt] *n.* 脂肪

⑩ **consume** [kənˋsum] *v.* 消耗；吃、喝

⑪ **high-protein** [ˋhaɪˋprotiɪn] *adj.* 高蛋白質的

⑫ **refined sugar** [rɪˋfaɪndˋʃugə] *n.* 精製糖

⑬ **carbohydrate** [ˏkɑrboˋhaɪdret] *n.* 碳水化合物

⑭ **fiber** [ˋfaɪbə] *n.* 纖維

52 其他建議或疑問
Other Advice or Questions

☑ 患者可能會問

☐ I have a business trip the day after tomorrow. Can I still go?
我後天要出差。我還可不可以去？

☐ Will I still be able to fly?
我還可不可以坐飛機？

☐ What kind of exercise do you **recommend**?[1]
你建議做什麼樣的運動？

☐ Should I wait for this to completely clear up before returning to work?
我是不是應該等完全復原之後再回去工作？

☐ Is there anything I can do to **speed up**[2] my recovery?
要快一點康復有什麼我可以做的？

☐ How can I make sure I don't give it to anyone else?
我要如何才能確保不會傳染給其他人？

☑ 醫生可能會建議

☐ Rest up. Don't do anything too **strenuous**[3] this week.
多休息。這個禮拜不要做太費力的工作。

🔊 MP3 48

☐ You should do at least 30 minutes of exercise everyday.
你每天應該至少運動三十分鐘。

☐ Try to get seven to eight hours of sleep each night.
每天晚上試著睡七到八小時。

☐ Drink plenty of **fluids**.[4] Water and tea are best.
多喝流質。最好是喝水和茶。

☐ Stick to **bland**[5] food for the next few days.
未來這幾天飲食要保持清淡。

☐ If you don't feel better in a week, come see me again.
如果一個禮拜後還是不舒服，再回來看診。

🔍 WORD LIST

① **recommend** [ˌrɛkəˈmɛnd] *v.* 建議
② **speed up** 加快速度
③ **strenuous** [ˈstrɛnjʊəs] *adj.* 費力的
④ **fluid** [ˈfluɪd] *n.* 流質；液態物
⑤ **bland** [blænd] *adj.* 溫和的；無刺激性的

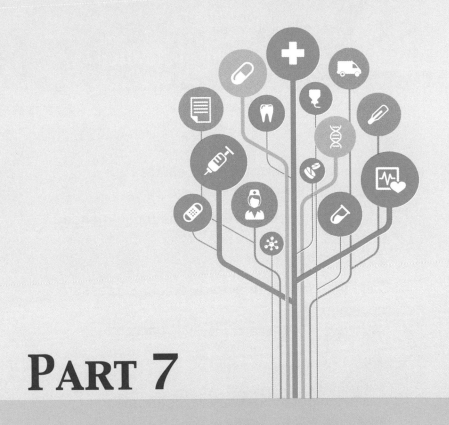

PART 7

病人的問題與疑慮
Patient's Questions and Concerns

對於藥物的疑慮

Concerns about Medication

🎧 MP3 49

☑ 患者可能會問

☐ Are there any **harmful**[1] side effects?
這有沒有什麼有害的副作用？

☐ Is it safe to ingest more than the recommended amount?
服用比建議量還多，安全嗎？

☐ Can I take this if I'm already on blood pressure medication?
如果我已經在服用降血壓的藥，還可以吃這種藥嗎？

☑ 醫療人員可能會說

☐ This pill might make you feel **listless**.[2]
這種藥丸可能會讓你有倦怠感。

☐ It's not unusual for patients to experience **blurred**[3] vision at the beginning of treatment.
病人在治療初期出現視線模糊的情形是常有的。

☐ Don't drink **alcohol**[4] while taking this medication.
服用這種藥物期間不要喝酒。

🔍 WORD LIST

① **harmful** [`hɑrmfəl] *adj.* 有害的
② **listless** [`lɪstlɪs] *adj.* 無精打采的；倦怠的
③ **blurred** [blɜd] *adj.* 模糊不清的　　④ **alcohol** [`ælkə͵hɔl] *n.* 酒精；酒

54 詢問醫生的專業背景
Asking about the Doctor's Background / Training

🎵 MP3 50

☐ Have you **performed**[1] this **procedure**[2] before?
　您以前動過這種手術嗎？

☐ How many people have you **diagnosed**[3] with this condition?
　您以前診斷過多少人有這種症狀？

☐ Do you have a lot of experience in this area?
　您這個領域方面的經驗很豐富嗎？

☐ Where did you receive your **training**?[4]
　您在哪裡受的訓練？

☐ Have you ever seen something like this before?
　您以前看過類似的例子嗎？

☐ Are you **up to date**[5] with new developments in treating this illness?
　您知不知道治療這種疾病的最新方法？

🔍 WORD LIST
....

① **perform** [pɚˋfɔrm] *v.* 履行；執行；完成
② **procedure** [prəˋsidʒɚ] *n.* 程序；手術
③ **diagnose** [ˋdaɪəgnoz] *v.* 診斷
④ **training** [ˋtrenɪŋ] *n.* 訓練
⑤ **up to date** 保持不落後

55 諮詢專家或詢問其他意見
Asking for a Specialist / Second Opinion

🎧 MP3 51

☐ I think I'd like to get a **second opinion.**[1]
我想我要徵詢其他意見。

☐ Is there any way to **double-check**?[2]
有沒有方法可以做再確認？

☐ I'd prefer to see a few more doctors before making a decision.
我想多看幾位醫生再做決定。

☐ Can you recommend a **qualified**[3] specialist?
你可不可以推薦一位合格的專科醫師？

☐ Who should I see to **get a better picture**[4] of what I'm facing?
我應該看哪一位醫師才會比較了解我目前面臨的狀況？

☐ Thank you for your time, but I'd be more comfortable seeing another doctor or two.
佔用了你的時間，謝謝，但是再多看一、兩位醫生我會覺得比較安心。

🔍 WORD LIST

① **second opinion** 其他的意見
② **double-check** [`dʌbḷˌtʃɛk] *v.* 仔細檢查；進行複核
③ **qualified** [`kwɑləˌfaɪd] *adj.* 合格的
④ **get a better picture** 對狀況、情形更加了解

56 諮詢醫療建議
Asking for Treatment Recommendations

MP3 52

☐ Is this procedure safe?
做這個安不安全？

☐ What's the success rate of this treatment?
這種療法的成功機率有多少？

☐ Is this the newest treatment available?
這是不是目前能做的最新療法？

☐ What are my other options?
還有其他選擇嗎？

☐ In your **professional**[1] opinion, which treatment is best **suited**[2] for my situation?
依你專業的角度看，哪一種療法最適合我的狀況？

☐ What will happen if I don't do anything?
如果我不採取任何行動結果會如何？

WORD LIST
① **professional** [prə`fɛʃənl] *adj.* 職業的；專業的
② **suited** [`sutɪd] *adj.* 合適的

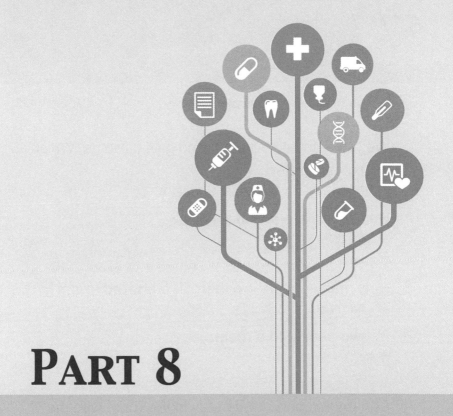

PART 8

住院

A Hospital Stay

57 詢問病房

Asking about Rooms

M We have private, shared, and group rooms. Which would you prefer?

我們有單人、多人以及團體病房。你想要哪一種？

P How much is a **private**[1] room?

單人房的價格是多少？

P How many people are there in a **shared**[2] room?

多人房住幾個人？

M It's two people to a room.

兩個人住一間。

P Can my husband / wife stay in the room with me?

我先生／太太可不可以待在房裡陪我？

M Of course. We can put a **cot**[3] in your room for your **spouse**.[4]

當然可以。我們可以放一張便床給你的配偶。

🔍 WORD LIST

① **private** [ˈpraɪvɪt] *adj.* 私人的；個人的
② **shared** [ʃɛrd] *adj.* 分享的
③ **cot** [kɑt] *n.* （摺疊式）便床
④ **spouse** [spauz] *n.* 配偶

58 住院細節
Hospital Details

P When are visiting hours?
探病時段是什麼時候？

M Regular visiting hours are from 9 a.m. to 9 p.m.
一般探病時間是早上九點到晚上九點。

P Am I allowed to leave my room whenever I want?
我能不能隨時離開病房？

M As long as you're **mobile**,[1] you can walk in the hallway or sit outside.
只要你能走動，你可以在走廊散散步或到外面坐坐。

M The hospital has a cafeteria, coffee shop, gift shop, pharmacy, and **chapel**.[2]
醫院設有餐廳、咖啡廳、禮品店、藥局和教堂。

P Where is the **cafeteria**[3] located?   餐廳在哪裡？

M It's on the second floor of this building.   在本棟 2 樓。

🔍 WORD LIST

① **mobile** [`mobl] *adj.* 可動的；流動性的
② **chapel** [`tʃæpl] *n.* （學校、醫院、軍營等的）附屬禮拜堂
③ **cafeteria** [ˌkæfə`tɪrɪə] *n.* 餐廳

59 住院期間的請求

Requests

P → Patient   M → Medical staff

P Can I get an extra **pillow**,[1] please?
麻煩你，我可不可以多要一個枕頭？

M Do you need another blanket as well?
你是不是也需要多一張毯子？

P Is it possible to turn down the **air conditioner**?[2]
有沒有可能把冷氣溫度調低一點？

M The **thermostat**[3] is right by the light switch.
自動調溫器就在電燈開關的右邊。

M If you want to go to the bathroom, you have to **wheel**[4] your IV **drip**[5] in with you.
你如果想上洗手間，必須把你的點滴一起推進去。

P I think I may need help getting to the bathroom.
我想我可能需要人扶我進洗手間。

M If there's an **emergency**,[6] push this red button.
如果有緊急狀況，按下這個紅色按鈕。

🎵 MP3 55

P What should I do if I need **assistance**?[7]

假如我需要協助該怎麼辦？

M If you need anything, just push the **call button**[8] next to your bed.

如果你需要任何東西，只要按下床邊的呼叫按鈕就行了。

M I'm sorry, there's no TV in shared rooms after ten o'clock.

對不起，多人房在十點之後不能看電視。

P Can you give me anything to help me sleep?

你可不可以開些藥給我好幫助我入睡？

🔍 WORD LIST

① **pillow** [ˋpɪlo] *n.* 枕頭

② **air conditioner** [ˋɛr kənˏdɪʃənə] *n.* 冷氣機

③ **thermostat** [ˋθɝməˏstæt] *n.* 自動調溫器；恆溫器

④ **wheel** [hwil] *v.* 轉動；滾動

⑤ **drip** [drɪp] *n.* 滴落；滴液（IV drip 即點滴）

⑥ **emergency** [ɪˋmɝdʒənsɪ] *n.* 緊急情況

⑦ **assistance** [əˋsɪstəns] *n.* 協助；幫助

⑧ **call button** [ˋkɔlˏbʌtŋ] *n.* 呼叫按鈕

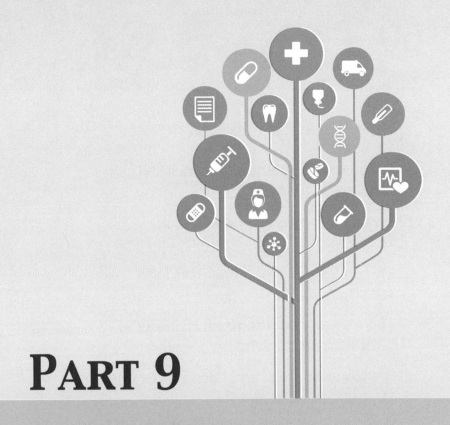

PART 9

意外和緊急事件
Accidents and Emergencies

60 打 911
Calling 911

☑ 你可能會說

☐ I need an **ambulance**,[1] and quickly!
我需要救護車，快一點！

☐ My friend is having a heart attack.
我的朋友心臟病發作了。

☐ My son fell down and broke his leg.
我兒子跌倒，摔斷了腿。

☐ There's a car **accident**[2] on Highway 9.
九號高速公路上發生了車禍。

☐ Someone **fainted**[3] and I don't know what to do.
有人昏倒了，我不知道該怎麼辦。

☐ Help, my daughter is **choking**![4] What should I do?
救命啊！我的女兒噎著了！我該怎麼做？

☑ 你可能會聽到

☐ 911. What is your emergency? (US)
這裡是 911 。您發生了什麼緊急狀況？

Emergency. What service do you require? (UK)
這是緊急中心。您需要幫什麼忙？

🎵 MP3 56

☐ Please calm down. What is the problem?
請冷靜下來。發生了什麼問題？

☐ Where are you calling from? What's the nearest
cross street⁵ / **intersection**?⁶
你是從哪裡打電話來的？離你最近的是哪個交叉口？

☐ Who is injured? When did this happen?
誰受傷了？什麼時候發生的？

☐ What is your name? What is your telephone number?
你叫什麼姓名？電話號碼是多少？

☐ Stay on the phone. Don't **hang up**.⁷ An ambulance is
coming now.
保持通話，別掛斷。救護車馬上就到。

🔍 WORD LIST
① **ambulance** [ˋæmbjələns] *n.* 救護車
② **accident** [ˋæksədənt] *n.* 事故；意外
③ **faint** [fent] *v.* 昏厥；暈倒
④ **choke** [tʃok] *v.* 噎住；塞住；哽住
⑤ **cross street** [ˋkrɔs ˏstrit] *n.* 十字路口
⑥ **intersection** [ˏɪntɚˋsɛkʃən] *n.* 十字路口
⑦ **hang up** 掛斷電話

🎧 MP3 57

☐ Place a **blanket**¹ over him and wait for the ambulance to arrive.

用一條毯子蓋在他身上，然後等候救護車抵達。

☐ Try to keep her awake and calm.

試著讓她保持清醒、冷靜。

☐ Raise the injured leg and use whatever you can to stop the bleeding.

把受傷的腿抬高，想辦法找東西止血。

☐ Lift up his head and keep him comfortable.

把他的頭抬高，讓他舒服一點。

☐ Give her some water to drink if you have some.

如果有水的話，給她喝一點。

☐ Don't move the **victim**² until the **paramedics**³ arrive.

在醫療人員抵達之前，不要移動傷患。

🔍 WORD LIST

① **blanket** [ˋblæŋkɪt] *n.* 毯子
② **victim** [ˋvɪktɪm] *n.* 受害者；遇難者
③ **paramedic** [ˌpærəˋmɛdɪk] *n.* 醫療人員

幫助傷者保持冷靜

Calming the Injured

MP3 58

☐ Don't worry. Everything is going to be just fine.

不要擔心。不會有事的。

☐ The ambulance is on its way.

救護車已經在路上了。

☐ Help is coming. Just **hang in there**.[1]

救援馬上就到。請撐住。

☐ I know it hurts, but we'll get you to the hospital.

我知道很痛，我們會送你到醫院的。

☐ Try to relax. Take a few deep breaths.

試著放鬆。深呼吸幾下。

☐ **Calm down**.[2] We'll take care of you.

冷靜一下，我們會照顧你的。

🔍 WORD LIST

① **hang in there** 堅持下去；撐下去
② **Calm down.** 冷靜下來。

63 指示傷患

Giving Instructions to the Injured

🎧 MP3 59

☐ Try to **sit up**.[1]
試試坐起來。

☐ Try not to move.
儘量不要動。

☐ Don't talk. Save your **strength**.[2]
不要說話，保留你的體力。

☐ Do you think you can try and walk?
你可不可以試著走走看？

☐ How many fingers am I holding up?
我現在舉起幾根手指？

☐ Don't fall asleep. Look at me.
不要睡著。看著我。

Q WORD LIST

① **sit up** 坐起來
② **strength** [strɛŋθ] *n.* 力量；力氣

64 指示旁觀者
Giving Instructions to Bystanders

MP3 60

- ☐ Someone call 911.
  誰可以打電話給 911 。
- ☐ Try not to **crowd**[1] around him.
  儘量不要圍在他身邊。
- ☐ Give her some room to breathe.
  留一點空間讓她呼吸。
- ☐ Does anyone know **CPR**?[2]
  有沒有人知道怎麼進行心肺復甦術？
- ☐ Does anyone have something we can **cover**[3] him up with?
  有沒有人有東西可以蓋在他身上？
- ☐ Someone help me **prop** her **up**.[4]
  誰可以幫我把她撐起來。

WORD LIST

① **crowd** [kraʊd] *v.* 圍住
② **CPR** = **cardiopulmonary resuscitation**
[ˌkɑrdɪo`pʌlməˌnɛrɪ rɪˌsʌsə`teʃən] 心肺復甦術
③ **cover** [`kʌvɚ] *v.* 覆蓋；遮蓋
④ **prop up** 支撐；扶持

65 去急診室
Going to the ER

☑ 醫療人員可能會問

□ Are you a **relative**?[1]
你是不是親屬？

□ What's your **relationship**[2] to the patient?
你和病人是什麼關係？

□ How did this happen?
這是怎麼發生的？

□ I'm sorry. You're going to have to wait outside.
對不起，你必須在外面等。

□ Is she allergic to any medication?
她有沒有對任何藥物過敏？

□ Please ask his wife to come to the hospital as soon as possible.
請叫他太太儘快到醫院來。

☑ 你可能會說

□ I don't know how it happened.
我不知道是怎麼發生的。

□ He doesn't have any family here.
他在這裡沒有任何家屬。

🎧 MP3 61

☐ When will we find out if she's OK?
我們什麼時候才會知道她有沒有事？

☐ Her husband won't be able to get here until this evening.
她先生今天晚上才趕得到。

☐ How does it look?
狀況看起來如何？

☐ What's happening right now?
現在的情形怎麼樣？

🔍 WORD LIST

① **relative** [ˈrɛlətɪv] *n.* 親屬
② **relationship** [rɪˈleʃənˌʃɪp] *n.* 關係

☑ 傷者可能會說

☐ I was playing **racquetball**[1] and **landed**[2] on my arm.
我在打短網拍牆球，不慎手臂著地。

☐ I **slipped**[3] on a patch of ice.
我在一塊冰地上滑倒了。

☐ Is my ankle broken, or is it just a **sprain**?[4]
我的腳踝是斷裂了，還是只是扭傷？

☐ Will I need a **cast**?[5]
我需要上石膏嗎？

☐ How long will I be in a cast for?
我石膏要上多久？

☐ What is a **stress fracture**?[6]
什麼是壓迫性骨折？

☑ 醫療人員可能會說

☐ Your leg will be in a cast for eight weeks.
你的腳需要上八個禮拜的石膏。

☐ You've suffered a really bad **break**.[7] You'll need surgery.
你骨頭碎裂的情形很嚴重，必須動手術。

🎵 MP3 62

☐ We can give you a **walking cast**[8] to make it easier to move around.

我們可以給你上活動式石膏，讓你的行動比較自如。

☐ Don't get your cast wet. Use a waterproof cover when you take a shower.

你上的石膏不要弄濕了。洗澡時要使用防水套。

☐ We'll have to put a **pin**[9] in your arm to make sure it **sets**[10] properly.

我們要在你的手臂上打釘以確保斷骨能癒合。

☐ It looks like you have a **dislocated**[11] shoulder.

看起來你的肩膀脫臼了。

🔍 WORD LIST

① **racquetball** [ˋrækɪtˌbɔl] *n.* 短網拍牆球
② **land** [lænd] *v.* 著陸
③ **slip** [slɪp] *v.* 滑倒；失足
④ **sprain** [spren] *n.* 扭傷
⑤ **cast** [kæst] *n.* 固定用敷料；石膏
⑥ **stress fracture** [ˋstrɛs ˌfræktʃə] *n.* 壓迫性骨折
⑦ **break** [brek] *n.* 骨折
⑧ **walking cast** 活動式石膏
⑨ **pin** [pɪn] *n.* 別針
⑩ **set** [sɛt] *v.* 接合（斷骨）；癒合
⑪ **dislocated** [ˋdɪsləˌketɪd] *v.* 脫臼的

☑ 患者可能會說

☐ I felt a little **woozy**[1] this morning.
我今天早上覺得頭有點暈。

☐ The last thing I remember was trying to open the door.
我最後記得的事是當時我正要把門打開。

☐ I've been having these **fainting**[2] **spells**[3] for two weeks now.
我這兩個禮拜以來經常昏倒。

☐ I felt really weak when I **came to**.[4]
我恢復知覺時覺得非常虛弱。

☐ I stood up really quickly and then lost my balance.
我非常快地站起來,結果失去平衡。

☐ It was really **stuffy**[5] in the room.
那房間裡非常悶。

☑ 醫療人員可能會說

☐ Has this happened before?
以前有沒有發生過這種情形?

☐ Are you experiencing any other **symptoms**?[6]
你還有沒有其他任何症狀?

What You Might Say!

What You Might Hear!

🎵 MP3 63

☐ You may have very low blood pressure.
你可能是血壓太低。

☐ I'd like to order a blood test and see if there are any other **underlying**[7] **causes**.[8]
我要做血液檢查，看看是否有其他任何潛在的因素。

☐ Are you eating enough?
你的飲食夠不夠量？

☐ Have you been feeling **stressed**[9] lately?
你最近是不是覺得壓力很大？

🔍 WORD LIST
① **woozy** [ˋwuzɪ] *adj.* 頭昏眼花的
② **fainting** [ˋfentɪŋ] *adj.* 昏倒的
③ **spell** [spɛl] *n.* (疾病等的) 一陣發作
④ **come to** 甦醒
⑤ **stuffy** [ˋstʌfɪ] *adj.* 窒悶的；通風不良的
⑥ **symptom** [ˋsɪmptəm] *n.* 症狀
⑦ **underlying** [ˌʌndəˋlaɪɪŋ] *adj.* 潛在性的
⑧ **cause** [kɔz] *n.* 原因；起因
⑨ **stressed** [strɛst] *adj.* 緊張的；感到有壓力的

68 脫水
Dehydration

☑ 患者可能會說

☐ I don't know why I didn't feel thirsty.
我不知為什麼都不覺得渴。

☐ I was really **parched**,[1] but I couldn't find anything to drink.
我簡直要渴死了,但是就是找不到東西喝。

☐ I've been out in the sun all day.
我一整天都在戶外曬太陽。

☐ I may have been **overdoing**[2] it.
我可能曬過頭了。

☐ I felt a bit **lightheaded**,[3] but I didn't think it was serious.
我感覺頭有一點暈,但是沒覺得那很嚴重。

☐ I've had the **stomach flu**[4] and I just can't keep anything down.
我得了急性腸胃炎,吃什麼就吐什麼。

☑ 醫療人員可能會說

☐ Try to drink small amounts of fluids at regular **intervals**.[5]
試著每隔一段時間喝少量的流質。

What You Might Say!

What You Might Hear!

🎧 MP3 64

☐ Don't drink too much water at once. It might make you vomit.

不要一下子喝太多水，這樣可能會讓你想吐。

☐ Have you had **diarrhea**[6] lately?

你最近有沒有腹瀉？

☐ Avoid sports drinks. They contain too much sugar.

避免喝運動飲料，裡面糖分太多。

☐ I'm going to put you on an IV.

我要幫你注射點滴。

☐ Try to keep cool. Don't get **overheated**.[7]

儘量保持涼爽，不要熱過頭了。

🔍 WORD LIST

① **parch** [partʃ] *v.* 使乾透；使焦乾

② **overdo** [ˌovəˈdu] *v.* 做得過分；做得過火

③ **lightheaded** [ˈlaɪtˈhɛdɪd] *adj.* 頭暈的

④ **stomach flu** [ˈstʌmək ˌflu] *n.* 腸胃炎

⑤ **interval** [ˈɪntəvl̩] *n.* 間隔

⑥ **diarrhea** [ˌdaɪəˈriə] *n.* 腹瀉

⑦ **overheated** [ˌovəˈhitɪd] *adj.* 過熱的；過度興奮的

69 癲癇發作
Seizures

D → Doctor　　**P** → Patient

D Have you been diagnosed with **epilepsy**?[1]
你以前有沒有被診斷出有癲癇症？

P I had a **CT scan**[2] and an **EEG**,[3] but they can't seem to find the problem.
我做過電腦斷層掃描和腦波檢查，但是似乎找不出問題所在。

Is it possible that something else is causing my seizures?
我的癲癇發作有沒有可能是其他因素所引起的？

D Have you ever had a **seizure**[4] before?
你以前有沒有過癲癇發作的紀錄？

P I had a seizure a few years ago, but nothing since then.
我幾年前有過癲癇發作的紀錄，但之後都沒再發過。

D Have you experienced any **memory loss**[5] from the seizure?
你有沒有過因為癲癇發作而喪失記憶？

Do you remember what happened during the seizure?
你記不記得癲癇發作的經過？

MP3 65

P I don't usually remember my seizures, but this time, I was **conscious**[6] while it was happening.

我癲癇發作時通常什麼都不記得，但是這次發作的時候，我的意識非常清楚。

D Are you on any medication for your seizures?

你目前是不是正在服用防治癲癇發作的藥物？

P I used to take medication for it, but after three years of no seizures, my doctor thought I could stop.

我以前有吃抑制癲癇的藥物，但是因為之後三年都沒發作，我的醫生認為我可以停。

Q WORD LIST

① **epilepsy** [`ɛpə͵lɛpsɪ] *n.* 癲癇
② **CT scan** = **computerized tomography scan**
   [kəm`pjutə͵raɪzd tə`mɑgrəfɪ ͵skæn] 電腦斷層掃描
③ **EEG** = **electroencephalogram**
   [ɪ͵lɛtroɛn`sɛfələ͵græm] 腦電波；腦動電流圖
④ **seizure** [`siʒə] *n.* 癲癇發作
⑤ **memory loss** 記憶喪失
⑥ **conscious** [`kɑnʃəs] *adj.* 有知覺的；有意識的

70 噎住

Choking

☑ 你可能會說

☐ He's not breathing! Help! He's **turning blue!**[1]
他沒呼吸了！救命！他臉色發青了！

☐ Does anyone know the **Heimlich maneuver**?[2]
有沒有人會做哈姆立克急救法？

☐ She's unconscious. Does anyone know CPR?
她沒有意識了。有沒有人會做心肺復甦術？

☐ He was talking and eating at the same time.
他邊說話邊吃東西。

☐ I think my daughter **swallowed**[3] part of a toy or something.
我想我的女兒把玩具零件還是什麼的吞下去了。

☐ He vomited in his sleep.
他睡覺時嘔吐。

☑ 醫療人員可能會說

☐ See if he can speak or cough first.
先看他是否能開口說話或咳嗽。

☐ Try to see if something is **stuck**[4] in her **airway**.[5]
看看是不是有異物卡在她的呼吸道裡。

136

MP3 66

☐ Perform the Heimlich maneuver until the **blockage**[6] is **dislodged**.[7]

實行哈姆立克急救法，直到移除堵塞物為止。

☐ There's no time to get her to the hospital. Help her right now.

沒時間送她到醫院了，現在就幫她。

☐ We'll need to take an X-ray to make sure nothing else is stuck in the airway.

我們需要照 X 光以確認沒有其他東西卡在呼吸道裡。

⚲ WORD LIST

① **turn blue** 臉色發青

② **Heimlich maneuver** [ˋhaɪmlɪk məˏnuvɚ] *n.* 哈姆立克急救法（使堵住喉嚨的異物吐出的急救措施）

③ **swallow** [ˋswɑlo] *v.* 吞下；嚥下

④ **stuck** [stʌk] *adj.* 卡住的

⑤ **airway** [ˋɛrˏwe] *n.* 呼吸道

⑥ **blockage** [ˋblɑkɪdʒ] *n.* 封鎖；堵塞物

⑦ **dislodge** [dɪsˋlɑdʒ] *v.* 把……移去

71 呼吸障礙

Breathing Problems

☑患者可能會說

☐ I can't breathe!
我不能呼吸！

☐ I couldn't get any air into my lungs.
我沒辦法呼吸。

☐ I was just walking, and suddenly I got completely **winded**.[1]
我只不過在走著，突然之間卻完全喘不過氣來。

☐ I think I'm having an **asthma attack**.[2]
我想我的氣喘要發作了。

☐ If I do anything **strenuous**[3] I start **gasping**[4] for air.
如果我做點費力的事情就會氣喘如牛。

☐ When I start to **wheeze**,[5] I **panic**,[6] and it makes it worse.
我只要一氣喘就會驚慌，然後情形就更糟。

☑醫療人員可能會說

☐ Do you ever lose consciousness when you're having trouble breathing?
你呼吸困難時會不會失去意識？

☐ You might be suffering from an **acute**[7] **anxiety**[8] attack.

你可能得了急性焦慮症。

☐ Your body went into **shock**.[9] Are you allergic to anything?

你的身體產生休克。你是不是對什麼東西過敏？

☐ Are you taking any **drugs**?[10]

你是不是正在服用什麼藥物？

☐ Have you suffered any injuries to the **chest**[11] area lately?

你最近胸部有沒有受過什麼傷？

☐ How many cigarettes do you smoke each day?

你一天抽幾根菸？

🔍 WORD LIST

① **winded** [`wɪndɪd] *adj.* 喘氣的；喘不過氣來的
② **asthma attack** [`æzmə ə`tæk] *n.* 氣喘發作
③ **strenuous** [`strɛnjuəs] *adj.* 費力的
④ **gasp** [gæsp] *v.* 喘氣
⑤ **wheeze** [hwiz] *v.* 發出氣喘的聲音
⑥ **panic** [`pænɪk] *v.* 恐慌；驚慌
⑦ **acute** [ə`kjut] *adj.* 急性的
⑧ **anxiety** [æŋ`zaɪətɪ] *n.* 焦慮；掛念
⑨ **shock** [ʃɑk] *n.* 休克
⑩ **drug** [drʌg] *n.* 藥品；藥材
⑪ **chest** [tʃɛst] *n.* 胸；胸膛

D ⟶ Doctor   R ⟶ Relative

D She's being treated for **hypothermia**.[1]
她因體溫過低正在接受治療。

How long was she under the water for?
她在水面下待了多久？

R She was probably in the water for only 2 minutes.
她可能在水裡只待了兩分鐘。

D Did she **regain**[2] consciousness after you pulled her out?
你把她拉出來之後她有沒有恢復意識？

R When we pulled her out, she started **coughing up**[3] water.
我們把她拉出來的時候，她就開始咳水出來。

D It looked like she swallowed a lot of water.
看起來她似乎吃進了很多水。

R The lifeguard gave her **mouth-to-mouth resuscitation**.[4]
救生人員有對她進行口對口人工呼吸。

D She had a lot of water in her lungs.
她的肺部積了很多水。

What You Might Say!

What You Might Hear!

MP3 68

R Is there any chance of a **full recovery**?[5]

有沒有可能完全復原？

D **Oxygen**[6] was cut off to her **brain**.[7] We'll have to monitor her condition.

她腦部缺氧。我們必須監控她的狀況。

R Will this **incident**[8] affect her in any other way?

這件事會不會對她造成任何影響？

D It's too early to know, but your friend may have suffered some brain **damage**.[9]

現在還不能確定，但是你的朋友腦部可能受了損害。

Q WORD LIST

① **hypothermia** [ˌhaɪpəˈθɜmɪə] *n.* 體溫過低（症）

② **regain** [rɪˈgen] *v.* 恢復

③ **cough up** 咳出

④ **mouth-to-mouth resuscitation** [ˈmaʊθtəˈmaʊθ rɪˌsʌsəˈteʃən] *n.* 口對口人工呼吸

⑤ **full recovery** 完全的復原

⑥ **oxygen** [ˈɑksədʒən] *n.* 氧（氣）

⑦ **brain** [bren] *n.* 腦

⑧ **incident** [ˈɪnsədənt] *n.* 事件

⑨ **damage** [ˈdæmɪdʒ] *n.* 損害

中風

Stroke

☑ 患者及親屬可能會說

☐ The left side of my body suddenly felt **numb**.[1]
我身體的左半邊突然感覺麻木。

☐ She seems to have trouble talking. Her speech is **slurred**.[2]
她說話好像有困難，口齒不清。

☐ Sometimes my vision is blurred, or I see double.
我有時候會視線模糊，有時候會看見雙重影像。

☐ Has the stroke caused any **permanent**[3] damage?
中風有沒有造成任何永久性的傷害？

☐ Will he **regain full control**[4] of his **facial**[5] muscles?
他的顏面肌肉控制會完全回復自主嗎？

☐ Besides **physical therapy**,[6] is there any other treatment?
除了物理治療外，還有其他療法嗎？

☑ 醫療人員可能會說

☐ You've suffered a small **stroke**,[7] but you're going to be fine.
你有輕微的中風，但是不會有事。

☐ Try to raise both arms and keep them raised.

試著把兩隻手臂舉起來，然後保持那個姿勢。

☐ A blood **clot**[8] in his brain caused the stroke.

他腦中的一個血塊引起了中風。

☐ A blood **vessel**[9] in her brain is **leaking**.[10] That's what caused the mild stroke.

她的一根腦血管溢血，這是造成輕微中風的原因。

☐ I'm going to inject you with a **clot-busting drug**.[11]

我要為你注射抗凝血藥劑。

☐ We'll need to perform surgery to improve **blood flow**[12] to the brain.

我們需要進行手術以改善流向腦部的血流。

🔍 WORD LIST

① **numb** [nʌm] *adj.* 失去感覺的；麻木的
② **slurred** [slɜd] *adj.* 發音含糊的
③ **permanent** [ˋpɝmənənt] *adj.* 永恆的；永久的
④ **regain full control** 恢復完全自主
⑤ **facial** [ˋfeʃəl] *adj.* 臉的；面部的
⑥ **physical therapy** [ˋfɪzɪkl ˋθɛrəpɪ] 物理療法
⑦ **stroke** [strok] *n.* 中風
⑧ **clot** [klɑt] *n.* （血等的）凝塊
⑨ **vessel** [ˋvɛsl] *n.* 血管
⑩ **leak** [lik] *v.* 漏
⑪ **clot-busting drug** [ˋklɑtˌbʌstɪŋ ˋdrʌg] *n.* 抗凝血藥劑
⑫ **blood flow** [ˋblʌdˌflo] *n.* 血的流動

☑ 患者及親屬可能會說

□ My left arm **tingles**.[1]
我的左手臂有刺痛感。

□ There's a **stabbing**[2] pain in my chest.
我胸部的疼痛有如刀刺。

□ He just clutched his **chest**[3] and **collapsed**.[4]
他就只緊抓著胸部，接著就昏倒了。

□ I had a mild heart attack five years ago.
我五年前心臟病曾輕微發作過。

□ I've been taking aspirin for my heart condition.
我一直在服用阿斯匹靈控制我心臟的狀況。

□ Am I **at risk of**[5] another heart attack?
我是不是有心臟病復發的危險？

☑ 醫療人員可能會說

□ Are you feeling any discomfort in other areas of your body?
你身體的其他部位有沒有覺得不舒服？

□ Are you on any heart medication?
你有沒有在服用任何心臟疾病的藥？

🎵 MP3 70

☐ Do you have a **history of heart disease**[6] in your family?

你的家族有沒有心臟病史？

☐ You'll need an **angioplasty**[7] to open up your **arteries**.[8]

你需要進行血管修復術把你的動脈打通。

☐ It looks like you had an episode of **angina**.[9]

看起來你是出現了心絞痛。

☐ The heart attack severely damaged your heart.

心臟病發作嚴重損害了你的心臟。

🔍 WORD LIST

① **tingle** [ˋtɪŋgl] *v.* 刺痛

② **stabbing** [ˋstæbɪŋ] *adj.* 如刀刺的

③ **chest** [tʃɛst] *n.* 胸膛

④ **collapse** [kəˋlæps] *v.* 倒塌；倒下

⑤ **at risk of** 有……的危險

⑥ **history of a disease** 病史（通常指家族中某種經常發生的疾病）

⑦ **angioplasty** [ˋændʒɪəˏplæstɪ] *n.* 血管修復術

⑧ **artery** [ˋɑrtərɪ] *n.* 動脈

⑨ **angina** [ænˋdʒaɪnə] *n.* 心絞痛

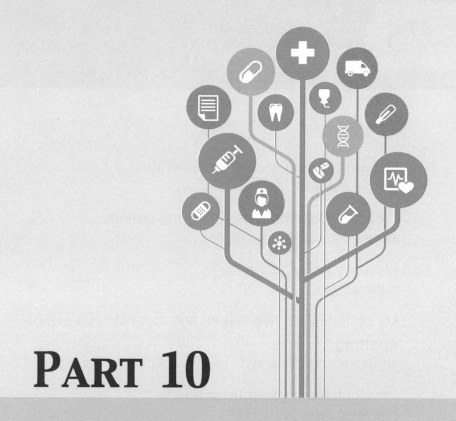

PART 10

找專科醫師
Seeing Specialists

75 上婦產科
Visiting the OB-GYN

☑ 患者可能會說

☐ I haven't had a period in two months.
我的月經已經兩個月沒來了。

☐ I really get bad cramps during my period.
我月經來的時候腹部絞痛得很厲害。

☐ It's really **itchy**[1] down there.
下面那邊好癢。

☐ My period came two weeks ago, but I still have some **spotting**.[2]
我的月經是兩個禮拜以前來的，但是到現在我仍然還有一些些血。

☐ I think I have a **yeast infection**.[3]
我想我感染了陰道炎。

☐ It burns when I **pee**.[4]
我小解的時候有灼熱感。

☑ 醫療人員可能會說

☐ Have you had any **unusual**[5] **discharge**?[6]
妳有沒有不尋常的分泌物？

☐ How long do your periods usually last for?
妳的月經通常持續多久？

🔊 MP3 71

☐ Are you on **birth control**?[7]

  妳是不是在避孕？

☐ Have you ever been **pregnant**?[8]

  妳有沒有懷過孕？

☐ After you put on this gown, lie down in the examination chair and place your feet in the **stirrups**.[9] The doctor will be with you shortly.

  妳穿上這件長袍之後，躺在診察椅上，把腳放在腳鐙裡。醫生很快就來。

☐ Have you noticed any unusual **odors**?[10]

  妳有沒有注意到任何異常的味道？

❓ WORD LIST

① **itchy** [ˈɪtʃɪ] *adj.* 癢的

② **spotting** [spɑtɪŋ] *n.* (雨、血等) 小點

③ **yeast infection** [ˈjist ɪnˌfɛkʃən] *n.* 黴菌陰道感染

④ **pee** [pi] *v.* 撒尿；小便

⑤ **unusual** [ʌnˈjuʒuəl] *adj.* 異常的

⑥ **discharge** [dɪsˈtʃɑrdʒ] *n.* 排出或流出的液體或氣體

⑦ **birth control** 生育控制；避孕

⑧ **pregnant** [ˈprɛgnənt] *adj.* 懷孕的

⑨ **stirrup** [ˈstɜəp] *n.* 鐙具

⑩ **odor** [ˈodə] *n.* 氣味

76 看牙醫
Visiting the Dentist

☑ 患者可能會說

☐ I have a really bad **toothache**.[1]
我的牙真的痛得很厲害。

☐ I fell down and **chipped**[2] my front tooth.
我跌倒，門牙撞缺了一角。

☐ I lost a **filling**.[3]
我牙齒的填充物掉了。

☐ My teeth are really **sensitive**[4] to heat and cold.
我的牙齒對冷熱非常敏感。

☐ My **gums**[5] seem a little swollen.
我的牙齦好像有一點腫。

☐ Do you do **teeth whitening**?[6]
你們有沒有做牙齒美白？

☑ 醫療人員可能會說

☐ Do you get your teeth cleaned regularly?
你有沒有定期清潔牙齒？

☐ Would you prefer a **metal**[7] or a **white filling**?[8]
你補牙要選擇用金屬還是合成樹脂？

150

What You Might Say!

What You Might Hear!

🔘 MP3 72

☐ When did you get this **crown**[9] put in?

　　你這個齒冠是什麼時候裝的？

☐ Do you **floss**?[10]

　　你有沒有使用牙線？

☐ It looks like you have two new **cavities**.[11]

　　看起來你有兩顆新的蛀牙。

☐ Your tooth is infected. I'll have to do a **root canal**.[12]

　　你的牙齒發炎了。我得進行根管治療。

🔍 WORD LIST
....

① **toothache** [ˋtuθˌek] *n.* 牙痛

② **chip** [tʃɪp] *v.* 削去；弄缺

③ **filling** [ˋfɪlɪŋ] *n.* 填補蛀牙的填充物

④ **sensitive** [ˋsɛnsətɪv] *adj.* 敏感的；神經過敏的

⑤ **gum** [gʌm] *n.* 牙齦；牙床（常用複數形）

⑥ **teeth whitening** [ˋtiθ ˋhwaɪtn̩ɪŋ] *n.* 牙齒美白

⑦ **metal** [ˋmɛtl̩] *n.* 金屬

⑧ **white filling** [ˋhwaɪt ˌfɪlɪŋ] *n.* 合成樹脂填牙

⑨ **crown** [kraʊn] *n.* 齒冠

⑩ **floss** [flɔs] *v.* 用牙線潔牙

⑪ **cavity** [ˋkævətɪ] *n.* 蛀洞

⑫ **root canal** [ˋrut kəˌnæl] *n.* 牙齒根管治療

77 看眼科醫師
Visiting the Eye Doctor

☑ 患者可能會說

☐ My eyes have been really red and watery lately.
最近我的眼睛很紅又會流眼淚。

☐ My eyes are really sensitive to light.
我的眼睛對光線非常敏感。

☐ I think I might have **night blindness.**[1]
我想我可能得了夜盲症。

☐ It feels like there's something in my eye.
我眼睛感覺好像有東西跑進去。

☐ I keep seeing a **blurry**[2] **shape**[3] out of my left eye.
我的左眼一直看到一個模糊的影子。

☐ I see **haloes**[4] around lights.
我看光的時都覺得有光暈。

☑ 醫療人員可能會說

☐ Is the pain in or around the eye?
痛是在眼睛裡面,還是在眼睛周圍?

☐ Any problem with your **peripheral**[5] **vision**?[6]
你的邊緣視野有沒有問題?

🎵 MP3 73

☐ We'll see how your **pupils**[7] **respond to**[8] light.
我們要看看你的瞳孔對光有何反應。

☐ I'm going to use some eyedrops to **dilate**[9] your pupils.
我要點一些眼藥水讓你的瞳孔擴張。

☐ You'll need surgery to remove the **cataract**.[10]
你需要動手術移除白內障。

☐ Does it hurt when you **squint**?[11]
你瞇眼睛的時候會不會痛？

🔍 WORD LIST

① **night blindness** [`naɪt ˌblaɪndnɪs] *n.* 夜盲
② **blurry** [`blɜɪ] *adj.* 模糊的
③ **shape** [ʃep] *n.* 形象；輪廓
④ **halo** [`helo] *n.* 光環；光澤
⑤ **peripheral** [pə`rɪfərəl] *adj.* 周圍的；（神經）末梢的
⑥ **vision** [`vɪʒən] *n.* 視力；視覺；視野
⑦ **pupil** [`pjupl] *n.* 瞳孔
⑧ **respond to** 對……有反應
⑨ **dilate** [daɪ`let] *v.* 擴大
⑩ **cataract** [`kætəˌrækt] *n.* 白內障
⑪ **squint** [skwɪnt] *v.* 瞇著眼睛看；斜視

PART 11

字彙與圖示
Vocabulary, Phrases, and Diagrams

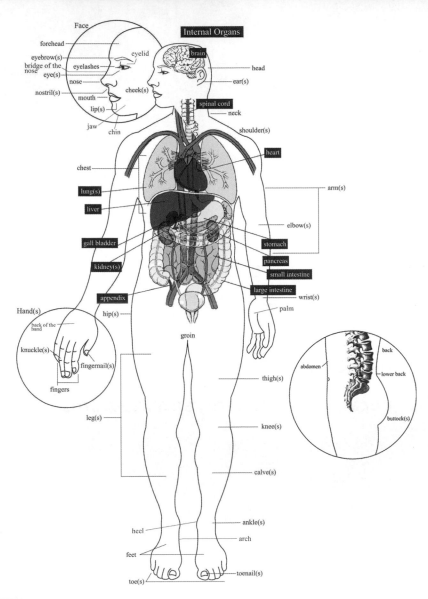

Face

forehead
eyebrow(s)
bridge of the nose
eye(s)
nostril(s)
eyelid
eyelashes
nose
cheek(s)
mouth
lip(s)
jaw
chin

Internal Organs

brain
head
ear(s)
spinal cord
neck
shoulder(s)
heart
chest
arm(s)
lung(s)
liver
elbow(s)
gall bladder
stomach
pancreas
kidney(s)
small intestine
large intestine
appendix
wrist(s)
hip(s)
palm

Hand(s)

back of the hand
knuckle(s)
fingernail(s)
fingers

groin

abdomen
back
lower back
buttock(s)

thigh(s)

leg(s)

knee(s)

calve(s)

heel
ankle(s)
arch
feet
toe(s)
toenail(s)

⬇ Head 頭

- **face** [fes] *n.* 臉
- **forehead** [ˈfɔrˌhɛd] *n.* 額頭
- **eye** [aɪ] *n.* 眼睛
  eyebrow [ˈaɪˌbraʊ] *n.* 眉毛
  eyelid [ˈaɪˌlɪd] *n.* 眼皮
  eyelash [ˈaɪˌlæʃ] *n.* 睫毛
  iris [ˈaɪrɪs] *n.* （眼球的）虹膜
  pupil [ˈpjupl] *n.* 瞳孔
  the white of one's eye 眼白
  retina [ˈrɛtɪnə] *n.* 視網膜
  lens [lɛnz] *n.* 水晶體
  cataract [ˈkætəˌrækt] *n.* 白內障
- **nose** [noz] *n.* 鼻子
  bridge of the nose 鼻樑
  nostril [ˈnɑstrɪl] *n.* 鼻孔
- **mouth** [maʊθ] *n.* 嘴
  lip [lɪp] *n.* 嘴唇
  tongue [tʌŋ] *n.* 舌頭
  teeth [tiθ] *n.* 牙齒（**tooth** [tuθ] 之
  複數形）
  gum [gʌm] *n.* 牙齦
- **ear** [ɪr] *n.* 耳朵
  earlobe [ˈɪrˌlob] *n.* 耳垂
- **cheek** [tʃik] *n.* 臉頰
- **jaw** [dʒɔ] *n.* 顎
- **chin** [tʃɪn] *n.* 下巴
- **neck** [nɛk] *n.* 脖子

⬇ Torso 軀幹

- **shoulder** [ˈʃoldə] *n.* 肩膀
- **arm** [ɑrm] *n.* 手臂
  elbow [ˈɛlbo] *n.* 肘

wrist [rɪst] *n.* 腕
plam [pɑm] *n.* 手掌；手心
back of the hand 手背
hand [hænd] *n.* 手
finger [ˈfɪŋgə] *n.* 手指
pinky finger (US) ╱
little finger (UK) 小指
ring finger 無名指
middle finger 中指
index finger 食指
thumb [θʌm] *n.* 拇指
knuckle [ˈnʌkl] *n.* 指（根）關節
fingernail [ˈfɪŋgəˌnel] *n.* 手指甲
- **chest** [tʃɛst] *n.* 胸
  breast [brɛst] *n.* 乳房
  waist [west] *n.* 腰
- **abdomen** [ˈæbdəmən] *n.* 腹部
  belly button [ˈbɛlɪ bʌtn̩] *n.* 肚臍
- **hip** [hɪp] *n.* 髖部
- **back** [bæk] *n.* 背
  lower back 下背
- **buttock** [ˈbʌtək] *n.* 屁股
- **groin** [grɔɪn] *n.* 鼠蹊
- **leg** [lɛg] *n.* 腿；小腿
- **thigh** [θaɪ] *n.* 大腿
- **knee** [ni] *n.* 膝蓋
- **calf** [kæf] *n.* 小腿
- **ankle** [ˈæŋkl] *n.* 腳踝
  heel [hil] *n.* 腳後跟
  arch [ɑrtʃ] *n.* 足弓
  foot [fʊt] *n.* 腳
  toe [to] *n.* 腳趾
  toenail [ˈtoˌnel] *n.* 腳趾甲

⊕ Internal Organs 內部器官

- **brain** [bren] *n.* 腦
- **spinal cord**【解】脊椎神經
- **heart** [hɑrt] *n.* 心臟
- **lung** [lʌŋ] *n.* 肺臟
- **stomach** [ˋstʌmək] *n.* 胃
- **liver** [ˋlɪvɚ] *n.* 肝臟
- **gallbladder** [ˋgɔlˌblædɚ] *n.* 膽囊
- **pancreas** [ˋpæŋkrɪəs] *n.* 胰臟
- **small intestine** [ˋsmɔl ɪnˋtɛstɪn] *n.* 小腸
- **large intestine** [lɑrdʒ ɪnˋtɛstɪn] *n.* 大腸
- **kidney** [ˋkɪdnɪ] *n.* 腎臟
- **appendix** [əˋpɛndɪks] *n.* 盲腸；闌尾
- **penis** [ˋpinɪs] *n.* 陰莖
- **testicle** [ˋtɛstɪkḷ] *n.* 睪丸
- **vagina** [vəˋdʒaɪnə] *n.* 陰道

79

骨骼相關字彙

Bones

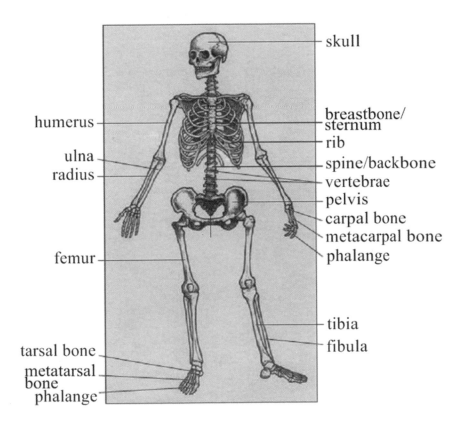

skull

humerus

breastbone/sternum

rib

ulna

spine/backbone

radius

vertebrae

pelvis

carpal bone

metacarpal bone

phalange

femur

tibia

fibula

tarsal bone

metatarsal bone

phalange

ⓐ **Head** 頭
- **skull** [skʌl] *n.* 頭蓋骨

ⓑ **Torso** 軀幹
- **spine** [spaɪn] /
  backbone [ˋbæk͵bon] *n.* 脊椎
- **vertebrae** [ˋvɝtəbri] *n.* 脊椎骨
  （**verterbra** [ˋvɝtəbrə] 之複數形）
- **collarbone** [ˋkɑlɚ͵bon] /
  clavicle [ˋklævəkl̩] *n.* 鎖骨
- **shoulder blade** [ˋʃoldɚ ͵bled] /
  scapula [ˋskæpjələ] *n.* 肩胛骨
- **breastbone** [ˋbrɛst͵bon] /
  sternum [ˋstɝnəm] *n.* 胸骨
- **rib** [rɪb] *n.* 肋骨
- **rib cage** [ˋrɪb ͵kedʒ] *n.* 胸腔
- **pelvis** [ˋpɛlvɪs] *n.* 骨盆
- **tailbone** [ˋtel͵bon] /
  coccyx [ˋkɑksɪks] *n.* 尾椎骨

ⓒ **Arms and Hands** 手臂和手
- **humerus** [ˋhjumərəs] *n.* 肱骨
- **ulna** [ˋʌlnə] *n.* 尺骨
- **radius** [ˋredɪəs] *n.* 橈骨
- **carpal bone** [ˋkɑrpl̩ ͵bon] *n.* 腕骨
- **metacarpal bone**
  [͵mɛtəˋkɑrpl̩ ͵bon] *n.* 掌骨
- **phalange** [ˋfæləndʒ] *n.* 指骨

ⓓ **Legs** 腿
- **femur** [ˋfimɚ] *n.* 股骨
- **tibia** [ˋtɪbɪə] *n.* 脛骨
- **fibula** [ˋfɪbjələ] *n.* 腓骨
- **tarsal bone** [ˋtɑrsl̩ ͵bon] *n.* 跗骨
- **metatarsal bone**
  [͵mɛtəˋtɑrsəl ͵bon] *n.* 蹠骨
- **phalange** [ˋfæləndʒ] *n.*
  趾骨

80

診療室內相關字彙與圖示
Doctor's Office

blood pressure monitor
n. 血壓計

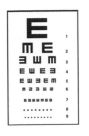

eye chart *n.*
視力檢查表

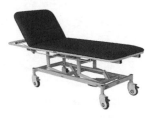

examination table
[ɪgˌzæmə`neʃən `tebl] *n.*
診療台

scale
[skel] *n.*
秤

tongue depressor
[`tʌŋ dɪˌprɛsə] *n.*
壓舌板

stethoscope
[`stɛθəˌskop] *n.*
聽診器

ear scope
[`ɪrˌskop] *n.*
耳鏡

ear thermometer
[`ɪr θə`mɑmətə] *n.*
耳溫槍

syringe
[`sɪrɪndʒ] *n.*
注射器

reception counter
[rɪ`sɛpʃən `kaʊntə] *n.*
掛號櫃檯

examination room
[ɪg,zæmə`neʃən rum] *n.*
診療室

operating room
[`ɑpə,retɪŋ ,rum] *n.*
手術房

ward [wɔrd] *n.* 病房
curtain [`kɜtṇ] *n.* 帷幔

bandage [`bændɪdʒ] *n.*
繃帶

scrubs [skrʌbz] *n.*
開刀服

gurney [`gɜnɪ] *n.*
輪床

wheelchair
[`hwil,tʃɛr] *n.* 輪椅

cart [kɑrt] *n.*
置物櫃推車

82 常見症狀
Common Symptoms

1. **sore throat** [`sor`θrot] *n.* 喉嚨痛
2. **fever** [`fivə] *n.* 發燒
3. **headache** [`hɛd͵ek] *n.* 頭痛
4. **earache** [`ɪr͵ek] *n.* 耳痛
5. **blurred vision** [`blɜd `vɪʒən] *n.* 視線模糊
6. **aching joint** [`ekɪŋ`dʒɔɪnt] *n.* 關節疼痛
7. **runny nose** [`rʌnɪ`noz] *n.* 流鼻水
8. **blocked nose** [`blɑkt`noz] *n.* 鼻塞
9. **cough** [kɔf] *n./v.* 咳嗽
10. **sneeze** [sniz] *n./v.* 打噴嚏
11. **phlegm** [flɛm] / **sputum** [`spjutəm] *n.* 痰
12. **shiver** [`ʃivə] *n./v.* 顫抖
13. **cold sweat** [`kold`swɛt] *n.* 冷汗
14. **dizziness** [`dɪzɪnɪs] *n.* 頭昏眼花
15. **muscle cramp** [`mʌsl͵kræmp] *n.* 肌肉抽筋
16. **wheezing** [`hwizɪŋ] *n.* 氣喘所發出的聲音
17. **abdominal** [æb`dɑmənl̩] / **shoulder** [`ʃoldə] / **elbow** [`ɛlbo] / **neck** [nɛk] / **back** [bæk] / **chest** [tʃɛst] **pain** [pen] *n.* 肚子／肩膀／手肘／脖子／背部／胸部痛

18. **shortness of breath** [`ʃɔrtnɪs əv `brɛθ] *n.* 呼吸困難
19. **nausea** [`nɔʃɪə] *n.* 噁心；作嘔
20. **vomiting** [`vɑmɪtɪŋ] *n.* 嘔吐
21. **diarrhea** [͵daɪə`riə] *n.* 腹瀉
22. **constipation** [͵kɑnstə`peʃən] *n.* 便秘
23. **incontinence** [ɪn`kɑntənəns] *n.* 大小便失禁
24. **swelling** [`swɛlɪŋ] *n.* 腫瘡；疙瘩；瘤；腫起部分
25. **rash** [ræʃ] *n.* 疹子
26. **infection** [ɪn`fɛkʃən] *n.* 感染

常見疾病或健康問題

Common Diseases and Health Problems

1. **cold** [kold] *n.* 感冒
2. **cold sore** [`kold͵sor] *n.*
   （傷風、發熱時出現的）唇皰疹；
   嘴邊皰疹
3. **flu** [flu] *n.* 流行性感冒
4. **pneumonia** [nju`monjə] *n.* 肺炎
5. **asthma** [`æzmə] *n.* 氣喘（病）；
   哮喘
6. **whooping cough** [`hupɪŋ͵kɔf]
   n. 百日咳
7. **tonsillitis** [͵tɑnsl̩`aɪtɪs] *n.*
   扁桃腺炎
8. **chicken pox** [`tʃɪkən͵pɑks] *n.*
   水痘
9. **botulin** [`bɑtʃəlɪn] *n.* 肉毒桿菌
10. **cholera** [`kɑlərə] *n.* 霍亂
11. **diphtheria** [dɪf`θɪrɪə] *n.* 白喉
12. **E. coli** [`i`kolaɪ] *n.* 大腸桿菌
13. **malaria** [mə`lɛrɪə] *n.* 瘧疾
14. **measles** [`mizl̩z] *n.* 麻疹
15. **meningitis** [͵mɛnɪn`dʒaɪtɪs] *n.*
    腦膜炎
16. **rabies** [`rebiz] *n.* 狂犬病
17. **rubella** [ru`bɛlə] *n.* 德國麻疹
18. **tetanus** [`tɛtənəs] *n.* 破傷風
19. **tuberculosis** [tju͵bɝkjə`losɪs] *n.*
    肺結核
20. **typhoid** [`taɪfɔɪd] *n.* 傷寒
21. **dysentery** [`dɪsn̩͵tɛrɪ] *n.* 痢疾
22. **salmonella** [͵sælmə`nɛlə] *n.*
    沙門氏菌
23. **strep throat** [`strɛp͵θrot] *n.*
    鏈球菌性喉炎
24. **genital warts** [`dʒɛnətl̩`wɔrts] *n.*
    生殖器疣；性器疣（俗稱菜花）
25. **gonorrhea** [͵gɑnə`riə] *n.* 淋病
26. **herpes** [`hɝpiz] *n.* 皰疹
27. **syphilis** [`sɪflɪs] *n.* 梅毒
28. **AIDS** [edz] *n.* 愛滋病；後天性免
    疫不全症候群（= **Acquired**
    Immune Deficiency
    Syndrome [ə`kwaɪrd ɪ`mjun
    dɪ`fɪʃənsɪ ͵sɪndrom]）
29. **yeast infection** [`jistɪn͵fɛkʃən]
    n. 黴菌陰道感染
30. **bladder infection** [`blædə
    ɪn͵fɛkʃən] *n.* 膀胱感染
31. **appendicitis** [ə͵pɛndə`saɪtɪs] *n.*
    闌尾炎；盲腸炎
32. **arthritis** [ɑr`θraɪtɪs] *n.* 關節炎
33. **athlete's foot** [`æθlits`fʊt] *n.* 香
    港腳
34. **encephalitis** [͵ɛnsɛfə`laɪtɪs] *n.*
    腦炎

What You Might Say!

What You Might Hear!

35. **mumps** [mʌmps] *n.* 耳下腺炎；
腮腺炎

36. **cancer** [ˋkænsɚ] *n.* 癌症

37. **cardiac arrest**
[ˋkɑrdɪˌæk əˋrɛst] *n.* 心搏停止；
心臟停跳

38. **hepatitis** [ˌhɛpəˋtaɪtɪs] **A / B / C
/ E** *n.* A / B / C / E 型肝炎

39. **leukemia** [luˋkimɪə] *n.* 白血病
（俗稱血癌）

40. **anemia** [əˋnimɪə] *n.* 貧血

41. **mono** [ˋmɑno] *n.* 單核白血球增
多症（= **mononucleosis**
[ˌmɑnoˌnuklɪˋosɪs]）

42. **lyme disease** [ˋlaɪmˌdɪziz]
萊姆症（又稱萊姆關節炎，由扁
蝨傳染，症狀有紅斑、頭疼、發
燒等）

43. **wart** [wɔrt] *n.* 疣

44. **migraine** [ˋmaɪgren] *n.* 偏頭痛

45. **irritable bowel syndrome**
[ˋɪrətəblˋbaʊəl ˌsɪndrom] *n.*
腸躁症

46. **myopia** [maɪˋopɪə] *n.* 近視

47. **hypermetropia**
[ˌhaɪpɚməˋtropɪə] *n.* 遠視

48. **astigmatism** [əˋstɪgmaˌtɪzəm] *n.*
散光

49. **chronic fatigue syndrome**
[ˋkrɑnɪkfəˋtigˌsɪndrom] *n.* 慢性疲
勞症候群

50. **alzheimer's** [ˋɑltsˌhaɪmɚz]
(disease) *n.* 老年痴呆症

PART 12

參考資訊
Advice

84 醫院部門

Medical Specialties

> ☑ 醫學名詞通常又長又複雜。以下列出醫院部門名稱，有助於你尋求協助。

- **Allergy-Immunology-Rheumatology** 過敏免疫風濕科
- **Anesthesiology** 麻醉科
- **Cardiovascular Diseases** 心臟血管疾病科
- **Cardiovascular Surgery** 心臟血管外科
- **Critical Care Medicine** (US) / **Intensive Care Medicine** (UK) 重症醫學科
- **Dentistry & Oral Surgery** 牙科與口腔外科
- **Dermatology** 皮膚科
- **Emergency Department** 急診部
- **Endocrinology & Metabolism** 內分泌新陳代謝科
- **Family Medicine** 家醫科
- **Gastroenterology** 腸胃科
- **General Medicine** 一般內科
- **General Surgery** 一般外科
- **Hematology & Oncology** 血液科／血液腫瘤科
- **Infectious Diseases** 感染科
- **Intensive Care Unit** 加護病房 (簡稱 ICU)
- **Nephrology** 腎臟科
- **Neurology** 神經內科
- **Neurosurgery** 神經外科
- **Obstetrics & Gynecology** 婦產科
- **Ophthalmology** 眼科

- **Orthopedic Surgery** 骨科
- **Otolaryngology / Head & Neck Surgery** 耳鼻喉科／頭頸外科
- **Pathology** 病理學
- **Pediatrics** 小兒科
- **Physical Medicine & Rehabilitation** (US) / **Physiotherapy** (UK)
  復健醫學科
- **Plastic & Reconstructive Surgery** 重建整形外科
- **Psychiatry** 精神科
- **Radiology** 放射科
- **Surgery** 外科
- **Thoracic Surgery** 胸腔外科
- **Tropical Medicine / Tropical Diseases** 熱帶醫學／熱帶疾病科
- **Urology** 泌尿科
- **Vascular Surgery** 血管外科

看診時尋求其他協助

Advice

☑ 善用下列建議，以確保能掌握所有就醫情況。

① 詢問醫院是否提供翻譯服務。

For example: "My English isn't very good. Do you have a translator?"

例如：「我的英文不太好，你們有翻譯人員嗎？」

② 確定醫院或醫師看過你的病歷文件，確定他們知道你是否正在服用任何藥物，或者對什麼過敏。

For example: "I'm allergic to aspirin."、"I'm taking Percocet for my back pain."

例如：「我對阿斯匹靈過敏。」、「我正在服用止痛錠劑治療背痛。」

③ 如果你對正在進行的程序不清楚，可以請醫師或護理師再慢慢解釋一遍。

For example: "Excuse me, could you please explain that again?"

例如：「對不起，可不可以請你再解釋一遍？」

④ 確定你非常清楚吃藥必須注意的事項和每次服用的劑量。複述用藥說明，必要的話，把它寫下來。

For example: "Take one tablet by mouth every morning."

例如：「每天早上口服一個藥片。」

⑤ 回答問題時使用簡單、易懂的句子。

For example: "Yes, I did."、"No, I haven't."、"I don't know."

例如：「是，我有。」、「不，我沒有。」、「我不知道。」

國家圖書館出版品預行編目 (CIP) 資料

医病溝通英文句典 / Lily Yang, Quentin Brand 作.
-- 初版. -- 臺北市：波斯納，2018. 04
面： 公分

ISBN: 978-986-94176-8-6（平裝）

1. 英語 2. 醫學 3. 會話

805.188 107002435

醫病溝通英文句典

作　　者／Lily Yang、Quentin Brand
審　　定／吳育弘
執行編輯／朱曉瑩、游玉旻

出　　版／波斯納出版有限公司
地　　址／100 台北市館前路 26 號 6 樓
電　　話／(02) 2314-2525
傳　　真／(02) 2312-3535
客服專線／(02) 2314-3535
客服信箱／btservice@betamedia.com.tw
郵　　撥／19493777 波斯納出版有限公司

總 經 銷／時報文化出版企業股份有限公司
地　　址／桃園市龜山區萬壽路二段 351 號
電　　話／(02) 2306-6842

出版日期／2022 年 1 月初版二刷
定　　價／350 元
I S B N／978-986-94176-8-6

貝塔網址：www.betamedia.com.tw

喚醒你的英文語感！

Get a Feel for English !